白木蓮

HAKU
MOKUREN

小澤房子

文芸社

目次

本作の一部において、現在では使用を避ける表現を使用しておりますが、当時の社会的背景や、障害者のおかれている厳しい立場を表現する文学的意図があり、差別に対する強い抗議の意味を込めておりますことを、あらかじめお断りさせていただきます。

白木蓮

島田は木と大井川と、川っ風の町である。

風が舞いあがり、静江《しずえ》はとっさに目を閉じた。しばらくそこに立ちつくし、目をぱちぱちさせてから、袖口《そでぐち》で目尻をふいた。それでも風の中にたっぷりとしみこんでいる細かいおがくずはなかなかとれない。

「父ちゃんとこに来るといつも、目の中にゴミが入ったようになる」と、ひとりごちて製材事務所のある方向に歩いていく静江の耳に、何かの歌声が聞こえてきた。耳を澄ますと、聞いたことのあるはやり歌だった。歌につられるように事務所のガラス戸をそっと開けると、歌声がなだれ込んできた。

　ハイド　ハイドウ
　丘の道

昨年の暮れごろからはやりはじめた【めんこい仔馬】だった。ラジオから流れる二葉あき子の声は、静江の張りつめていた心をほっこりさせてくれる。

「こんにちは」

　事務所とは名ばかりのがらんとした部屋には、頭が禿《は》げあがり、てっぺんがつるつるに光っている顔見知りの留守居番の老人が、円筒形の縦長の火鉢《ひばち》に頬杖《ほおづえ》をついてうたたねをしていた。老人の肩越しに日めくり暦が見え、昭和十六年三月二十一日の黒い字と、紅白の日の丸の旗が交差していた。

「じいじい、こんにちは」

　こんな大きな音でラジオを聞いていて居眠りするなんて、あいかわらず耳が遠いなぁと思いながら、静江はさっきより少し大きな声を出した。すると老人は、片肘《かたひじ》を火鉢の内側にすべり落とし、瞼《まぶた》は開けたものの目ヤニが糸のように絡《から》みついて、しきりにまばたきを繰りかえしていた。

「よっ、なぁんだ。誰かと思ったら静江じゃんか。しばらく見んうちにいかくなったなぁ。いくつになっただい？」

「八月に十二歳になります」

「ほおっ、わしも年をとるわけじゃい。母ちゃん、ちったぁ、達者になっただっちょうなぁ？」

　老人は肘についた灰を片手でぬぐいながら、丸椅子からどっこらしょと立ちあがり、ラジオを消すと静江のそばまできた。

うん、とうなずき、なおも話しこもうとする老人の口を閉じさせるように、

「父ちゃんは、どこの貯水池にいるか教えてください」

と、ゆっくりと大きな声でたずねた。

いつもと違う静江になにかを感じたのか、老人は真顔になった。

「いっちゃんなら南っかたの線路沿いの貯水池にいると思うけいが。今日は旗日ずらに、おまんの父ちゃんは相変わらずまめったいいのう」

静江の父の名は伊作《いさく》というが、誰もが『いっちゃん』と呼んでいた。

「ありがとうっけね。そこに行ってみるね」

静江は今にも崩れ落ちそうな木材の間をすり抜け、敷地内で一番大きい貯水池に足を向けた。

階段のように積みあげられた木材のほとんどは、樹の皮をぺらぺらさせながらも必死でしがみついている。それらもやがて剥《は》がれおちていき、あたりに散らばった白っぽい木くずにおおわれた地面の上に、絣《かすり》の模様をかたちづくっていた。

おがくず、木片などが重なっている通路を歩くたびに、下駄《げた》が半分もぐりこむ。穴のあいた足袋《たび》の親指の先が冷たく痛がゆい。

雨露《あめつゆ》をしのぐだけの屋根に、寸法のあわない不揃いの板がはめ込まれている製材工場からは、帯鋸《おびのこ》の歯音が虻《あぶ》の羽音《はおと》のように響いてくる。それが静江には、真っぷたつに切りさかれる木材の悲鳴のように聞こえ、耳をふさぎたくなる。年輪の真ん中あたりが赤くなっていて、人間の血管のように思えてならないのだ。

製材された角材は下駄のように積みあげられ、平たく細長い板は高く空に突きだしていた。冬のなごりがかすかに残る風が、木材と木材の間のわずかな隙間《すきま》の池面にたえず小さな皺《しわ》をよせていた。

製材所の屋号が染め抜かれたはっぴを羽織《はお》り、腹掛けに股引《ももひ》き地下《じか》足袋姿の父が木材の間から見えた。鳶口《とびぐち》を持って、けれどそれを使っているようでもなく、ただ貯水池に浮かぶ木材の間をせわしくとび移っている。背丈もあり、広い肩幅にひきしまった手足をもった父だったが、今日はなぜかいつもより小さいように感じられた。

「父ちゃーん」

静江は両手を口元にあて、大声で呼んだ。

声のする方向に体をねじったとたん、父はよろけて落ちそうになった。

「あーっ、父ちゃんっ、あぶないっ」

静江は悲鳴をあげて、貯水池に走りよった。

「よっ、よっ、よっと、よっとさ」

父は掛け声をあげ、足で木材を器用にまわしつつ、貯水池を囲った石垣の上に近づいてくる。池面はそのたびに、しぶきがあがり小さな虹《にじ》ができては消えた。

「浜松のゆき叔母《おば》さんが来ただか」

ゆき叔母は母のつやの妹で、浜松の紡績工場に嫁いでおり、そこの社長夫人である。

「うん、そいで母ちゃんが父ちゃんを呼んでこいって」

さっきの光景がまだ胸を占めていて、体の芯《しん》の細かい震えがなかなか止まらなかったが、息を整えながら静江は言った。

父は石垣からとび降りると、鳶口を平帯の間にはさみ、頭に巻いた豆絞《まめしぼ》りの手ぬぐいを首に掛け、傍《かたわ》らに転がっている木材に座った。

また、風がでてきて、池面がカチカチと騒ぎはじめた。

急がないとまた母に叱《しか》られると思ったが、父にそれを言ったら悪いような気がして、黙ってその横に腰をかけた。二人はしばらく口を開かなかった。

横目でそっと父を見ると、東のほうに富士山がそびえているのが目に入った。山のいただきは、女の子のおかっぱ頭のように雪をかぶっていたが、すぐに雲がでてきて頭を隠した。

木材を満載させた貨物列車が下り方面に向かっていく。

「父ちゃん、どうして姉ちゃんを浜松へやっちゃうだね。静岡ならここから汽車で三十分だけいが、浜松は一時間くらいかかるじゃん。うちから通えるところにすればいいじゃんか」

言ってしまってから静江はあっと口をふさぎ、さっと立ちあがり逃げようと身がまえた。殴られる、体が震えた。二人の肩がわずかに触れて、父の動く気配が伝わったのだ。ふだんは『仏のいっちゃん』と言われるほど穏やかであるが、静江は生意気だったし、口答えもするのでたまにだが殴られた。怒ったときの父は、たえず苛立《いらだ》っている母より怖い。

だが、父は手をあげるのでもなく、立ちあがった静江の手首をそっとつかみ、あいているる片手で腹掛けから黄色い箱を出した。

「すんごーい、父ちゃんどうした、こんないいもん、誰にもらっただ」

静江はつい今さっきまでのことを忘れたように、目を輝かせて父とキャラメルをかわるがわるながめた。

「親方が社長にもらっただっちょう、だけいが静江にやっとくれってあつらさってきた」

「うぁー、うれしい。親方にお礼を言《ゆ》いたいけいが、今、いる？」

「今日は、半ドンでけえったよ。わしか言《ゆ》っとくからええよ、開けて食え」

「もったいなくて一人では開けられんし、食べられんよ。姉ちゃんにもあげたいもん」

茶色の天使が描かれた箱に頬ずりしてから、指先で穴があいていないのを確かめて、ズボンのポケットの奥にしまった。いつだったか、ゆき叔母さんからもらった、綺麗な紙で包まれた小さなビスケットをポケットに入れ、後で姉と食べようとして、穴があいていたことを知らず落としたことがあった。穴を木綿糸でしっかりと縫ったつもりだったが、布は薄くすり切れていたので、ほかのところがいつほころびるかわからない。

ポケットの袋の底をズボンの上からつかんでいる静江を見遣りながら、

「静江、すまんなぁ、父ちゃんが甲斐性《かいしょう》なしで。おまんちに何にも買ってやれん、かにしろな。おまんも知っちょると思うけいが、姉ちゃんはちっさいころ脳膜炎《のうまくえん》ちゅう病気をしてな、治すために家を建てる一軒分の銭《ぜに》をかけた。でもな、姉ちゃんだって好きでああして生まれてきたんじゃない。おまんちのおかげで小学校もなんとか卒業できた。それでも姉ちゃんにも働いてもらわにゃぁ食ってはいけん」

と、父は膝の上に置いていた両手を、胸のあたりで組んだ。いつもは岩のように見えるその手は、道ばたの小石のように頼りなかった。

姉の富久《ふく》は知能の遅れと弱視があり、二年遅れて小学校に入学したので静江とは同じ学年だった。

「父ちゃん、小学校じゃないよ。来月から国民学校って名前がかわるだよ」

なにか話題をかえようと静江は、はしゃいだ声で父の肩をそっと叩いた。

「そうだっけなぁ」

父は組んでいた手を離し、苦笑いを浮かべた。

でも、なんで小学校ではいけないのだろうか。ことし一年生になる隣の子の教科書も、静江たちは《サイタ　サイタ　サクラガ　サイタ》だったのが《アカイ　アカイ　アサヒ　アサヒ》とかわっていた。サクラのほうがずっとよかったのに。

昭和十六年の三月一日に【国民学校令】が公布され、小学校の名称が【国民学校】にあらためられ、教科書もかわってしまった。国民学校は初等科六年、高等科二年になるという。

同級生たちも姉と同じように、六年で卒業して働く子は多かった。静江は高等科に進級することになっていたが、浜松のいとこは試験を受けて高等女学校に合格していた。お金のある家の子どもたちは、男は中学校、女は女学校に進学していた。自分のほうが通信簿には甲が多かったのに、乙や丙でも親次第なのかと、静江はねたみと羨《うらや》みとあきらめの入り混じった涙が瞼ににじみそうになるのをかろうじておさえた。

いとこたちは静江が履いたこともない革靴を履き、着たこともないような洋服を着て、ベレー帽をかぶっている。ポケットの中には真っ白いハンケチが入っていて、手ぬぐいを半分に切ったものしか持っていない静江の目の前で、みせびらかすように使っていた。

大きくなったらお金持ちと一緒になって、いとこたちよりいいものを着て、父ちゃんや姉ちゃんと、天井《てんじょう》があって日当たりのよい門のある大きな家に住むのだと、静江は下唇を噛んだ。

ちょうどそのとき、上りの列車が駅にすべりこもうとしていた。

――し・ず・お・か行き、の・ぼ・り・れ・っしゃが……。

風にのって、島田駅構内のマイクから案内放送が途切れとぎれに聞こえてきた。

静江たちの座っている場所から、駅は道ひとつ隔《へだ》てているだけだ。今は使用していないが、製材所と駅構内までの木材運搬専用の引き込み線が、錆《さ》びついたまま残っていた。

冬雲を浮かべた蒼空《あおぞら》を背景に、裸木《はだかぎ》の枝先から無数の白い花が天を向いて咲いている。静江の父方の祖父が子供のころからあったという白木蓮だ。踏切小屋の横に、毎年清らかな花を咲かせる。遠くからながめると、白い布をひらひらさせているように見える。駅構内と路地を隔てている木柵《もくさく》のあたりには、背の高い枯れすすきが風に揺れ、菜の花が群れ咲いていた。

「おまんの兄ちゃんにも、上の学校をあきらめてもらった」

静江の心を見ぬいたように、父は上り列車を目で追いながら言った。

「だけいが兄ちゃんは、静岡の叔母さんちで、奉公しながら夜学の商業を卒業したからいいじゃん」

兄は静岡県のそろばん大会での二位の腕前をかわれ、信用組合に入ることになっていた。なのに、母が静岡の妹夫婦からのたっての頼みを受け入れ、駿河蒔絵《するがまきえ》の後継者として住みこみで弟子《でし》入りすることを決めてしまった。兄は学業だけでなく、手先も器用だったのだ。母のつや、叔母ゆきの下の妹は、代々駿河蒔絵を家業としている跡取りに嫁いでいたが、男児には恵まれなかった。

背戸《せど》で肩をふるわせながら声を殺して泣いていた兄の後ろ姿を見ながら、「母ちゃんはばかだ、父ちゃんはもっとばかだ」と静江が拳《こぶし》をにぎりしめたのは四年前のことだ。だが兄はいつまでも下を向いてはいなかった。叔父《おじ》と叔母に「弟子になるので、静岡商業の夜学に通わせてほしい」と頼んだのだ。

父は斜め前からの午後の陽差しを受け、落ちくぼんだ目が、浅黒い顔をよりいっそう黒くしている。酒もたばこもやらず、日が昇ると大井川の河原を開墾《かいこん》した畑をたがやし、朝飯もそこそこに製材所に行く。夜なべのとき、母に頼まれて夜食を持っていったことがあったが、薄ぼんやりとした裸電球の下で木材をきり揃えていた。

静江は父の寝ている姿を見たことがない。そのかわり母はよく寝込む。二年くらい前までは肋膜炎《ろくまくえん》にかかり、静岡市の病院に通っていた。先々月あたりから、やっと母の体調は回復したが、静江は何かと手伝わされていた。母は妹を産んでから産後の肥立《ひだ》ちが悪いとかで、一ヶ月ほど静江が朝起きして、家のことをしてから学校へ行っていた。

浜松のゆきと静岡の妹は、わがままを言って女学校に行かせてもらったもんで、学のある男と所帯を持って楽しているのに、なんであちしだけこんな貧乏くじひいてしまっただかと、母はいつもそうぼやいている。あちしは行きたくても家のことを考えて我慢しただにと、その後も母の愚痴《ぐち》は延々と続くのだ。

志太郡は豊かな大井川の水を利用して、昔から酒の醸造が盛んで、その河口にある母の在所もそうだった。道楽者だった祖父が時代の波に乗り遅れ、母が生まれてまもないころに腐造《ふぞう》を出したことで、蔵も含め家財のほとんどを失った。腐造とは、お酒が腐ることだという。

酒造業に見切りをつけた母の弟は、親戚筋《しんせきすじ》の宮大工《みやだいく》に弟子入りして、今では若棟梁《わかとうりょう》である。母の在所からは米や野菜、干物に生みたての卵などが届く。たいがいは親戚の行商人が持ってきた。その中には、紙に包まれた分厚いものもあった。それを当たり前のように受けとる、そんな母が嫌いになるときもある。しかし子供ながらに、母がそうした境遇に甘んじているのを不思議に思うこともあった。

——母ちゃんが姉妹の中でいちばんきれいだと思う。なのに、どうして父ちゃんとずっといるんだろうか。

「父ちゃん、木材の上に乗っていて怖くないだか」

「なあーに、池の木材はみんなわしのガキのようなもんだ。怖いことなんかあるもんか。ほい、立ってみてみい。あの真ん中にあるいかい木が兄ちゃんだ。その横に落ち着かなくて風が吹くたび、ああしてあちこちぶっつかっているのが静江の木、いくら引き上げてもすぐ潜《もぐ》ってしまう困った木が姉ちゃんだ。それからつい先《せん》だってここへ来たばかりのちっこい木が赤ん坊だ」

立ち上がり、父の指さすほうに目をやると、確かにそれらしき木材が浮かんでいた。

「ふーん、おもしろいね。じゃ、父ちゃんと母ちゃんはどれ？」

「父ちゃんと母ちゃんのはないのだよ」

そのとき、静江は確かに父の目が光るのを見た。見てはならぬものを見てしまったような気がした。

——さっきからずっと思っていたが、今日の父ちゃんはいつもの父ちゃんじゃない。

何となく切なく、目の奥がじわっと濡れ、しずくがこぼれ落ちそうになった。それをご

まかそうと、

「ここへ来るといっつも目にゴミが入ったようになるけいが、どうしてずらね。父ちゃん、毎日ここで仕事していて涙が出ない？　目が痛くならない？」

さも痛そうなそぶりをしてみせながら聞いた。

「涙なんか出して仕事できるか。ほいっ、これでふけ」

父はあらぬ方向に目をやったまま、静江に醤油《しょうゆ》をしみ込ませたような手ぬぐいを投げてよこし、木材に腰をかけた。

静江は大げさに涙をふく真似《まね》をしようと父の横に座ったが、手ぬぐいから木の香りと汗の混じりあった父の匂いがして、嘘泣きでなく本物の涙が出た。

父は手ぬぐいを、静江の手からそっと抜きとり首にかけた。

「富久という名前は、おまんの母ちゃんの母ちゃんがつけた。はじめての女の孫だでなと。兄ちゃんと静江はわしの親父がつけたがな」

今度は何を言いだすのだろうかと、静江は父の横顔をじっと見て、次の言葉を待った。

「福に富むようにとな。富久ではなくてフクゴになってしまったがなぁ」

「フ・ク・ゴ?」

意味がわからず問うと、父は視線を前に向けたまま鳶口を腰から抜いた。突端が濡れていた鳶口におがくずが絡みつき、むきだしになった地面に【福】と【子】という漢字が浮かびあがった。

「富久みたいな、ああいう不自由のある子どものことだっちょう。福《ふく》の子《こ》と書いて福子《ふくご》と読む、そういう子は天から授《さず》けられたもんで、大事に育てると家が栄えるだとよ。親方から教えてもらった。親方が言うにゃ、船来では天使だとよ」

なんと答えていいのだろうか、黒い二つの字から目をそらそうとしても、字は追いかけてくる。静江はこの場から消えたくなった。

天使はポケットの中にいる。ズボンの上から箱にそっと触れたが、取りだすことも、その言葉を口から出すこともできなかった。

「早く帰らんと、母ちゃんにどなりつけられるで、あたし帰る」

父ちゃんも一緒に帰ろうとは言いだせなかった。口にしてはいけないということを、静江は何となく感じとっていた。母には、「父ちゃんは、大井川まで木材を取りに行って、いなかった」と嘘をつけばいい。静江は父に背を向けて歩きだした。

すると、さっき事務所にいた老人がこっちに向かって走ってくるのが見えた。何か叫《さけ》んでいるようだったが、声が風に散ってまだらに聞こえ、何と言っているのかわからない。針金みたいに痩《や》せて背の低い老人に、樹の皮やらおがくずが、つむじ風のようにまとわりついている。猿飛佐助か霧隠歳三ならいいが、まるでなりそこないの忍者みたいだ。

「いっちゃーん、若大将から電話があってなぁ。今っから大井川の木材置き場まで行ってくれんかの。川根の山から、思ったよりらっかい木が切りだされて、置き場に困っているだっちょう。ちょっくら行ってくれんか」

木材置き場には小屋のような事務所があり、そこは親方の息子が取りしきっている。息子のことを、工場の者たちは若大将と呼んでいた。

南アルプス赤石山脈の木材は、大井川の上流で筏《いかだ》として組まれて流され、河口の島田町が集積場となっていた。『箱根八里は馬でも越すが、越すに越されぬ大井川』とうたわれた宿場町の川沿いには、製材関連の工場が川っ風の中にたち並んでいる。

「ほいよっ、荷馬車は大丈夫だかいや」

弾むような父の返事が背後からした。

「おう、もう荷馬車も手配してこっちに向かうばっかだっちょう。いい馬はお国のお役にたつだっちょうで、取られてしまい、老いぼれ馬しか残っていないがのう。でも助かったわい、親方は半ドンでけえっちまったし。おらに来いといってもなぁ。力はないし、なんの役にもたたないでくの坊だもんな。馬とおんなじだなぁ」

老人はタバコのヤニだらけの黄色い歯を出して、ニッと笑った。いつ行っても無愛想で無口な老人の笑い顔をはじめて見たような気がする。そういえば、さっきはめずらしく声をかけてくれたなと不思議に思ったのだった。

「でくの坊であるもんかい。お国のお役にたてる兵隊さん候補をらっかいこしらえたじゃないか。うちんとこは、まためんすうだに」

「おらんとこさ、孫が立てつづけに生まれて、みんな日本男児だ」

「末は天皇陛下の近衛兵《このえへい》かなぁ。じいじいも長生きすれば皇居も拝めるかもしれんなぁ」

「あっはっはっは」

　老人のしゃがれた笑い声が空にすいこまれていった。

「静江すまんなぁ。聞いての通りだ。木材置き場に行かにゃぁならん。母ちゃんと浜松の叔母さんにそう伝えといてくりょう」

　静江のそばまで来た父は、おがくずのついた鳶口の先をさっと拭《ぬぐ》って平帯にさし、首にかけた手ぬぐいを両手で器用にぐるぐるねじった。

「じいじい、これから木材を入れる場所をあけとかなきゃならんで、ちいっと待っててくりょうな」

　事務所に向かおうとする老人に大声で告げ、ねじり鉢巻きをしながら、父は飛ぶように貯水池に戻った。

路地から街道へ出ると道の真ん中あたりが少し高くなっていて、馬がつける蹄《ひづめ》の跡と轍《わだち》がくっきりと残っていた。その道筋には馬糞《ばふん》が盛りあがり、乾いて藁屑《わらくず》になったものがへばりついていた。

向こうから荷馬車が来た。馬は真正面からの川っ風を受け、横に揺れながらも前脚を踏ん張り、仲間の足跡の上を黙々と歩いてくる。荷台の上には木材が山のように載っていた。荷台からとび出た先端には赤い紐《ひも》が、千切《ちぎ》れそうにはためいていた。

静江の口から無意識のうちに【めんこい仔馬】がもれだし、はじめは小声で歌っていたが、だんだん大きな声になっていった。

濡れた仔馬のたてがみを
なでりゃ両手に朝の露
よべばこたえて　めんこいぞ
オーラ
かけて行こかよ　丘の道
ハイド　ハイドウ　丘の道

わらの上から育ててよ
今じゃ毛並も光ってる
お腹こわすな　風邪ひくな
オーラ
元気に高くないてみろ
ハイド　ハイドウ　ないてみろ

静江の清らかな歌声は、大井川の川っ風と合唱するように流れていく。

「嬢《じょう》ちゃん、二葉あき子よりうまいじゃんか」

前後ろがわからないほど真っ黒に日焼けした馬方が、顔中の皺を寄せ集めながら、静江に声をかけて通り過ぎていった。

「ハイド、ハイドウ。ほいっ、おまんも、ガンバレや」

馬方が馬の尻を力任せに叩いた。鞭《むち》の音が風の中でうなり、馬は悲鳴のようないななきをあげた。静江は自分が叩かれているような、鋭い痛みが体の中を走りぬけた。馬は引き締まった艶《つや》のある焦《こ》げ茶色の尻を右に左にゆっさゆっさと振り、そのたびに長いしっぽもせわしなく揺れ動いていた。

「姉さん、ふんとうのこと言っとくれよ。義兄《にい》さんは富久を浜松にやるの、反対しているんじゃないのかい」

土間を仕切っている格子戸を開けて台所に入ると、叔母の尖《とが》った声が破れ障子《しょうじ》の穴からもれてきた。

「そんなこたぁないさぇー、ゆきのところへやるなら安心だと今朝《けさ》がた出がけにいってただで」

そう答えながらも、母の声はどこか弱かった。

「だったら何で仕事に行っただね。今日、あたしが富久を迎えに来ること、わかっていただら」

「それは……。ただ、さぁ、富久がふんとうに仕事がつとまるだかって」

「大丈夫だって。紡績工場にはもっと、ろくな仕事もしねぇような悪いのもいるだで。仕込み次第さね。他人にまかせるなら義兄さんと姉さんは心配だろうけいが、あたしがついてるし、旦那《だんな》だって姪《めい》だもん、悪いようにはしないから」

「だけいが、ゆきに迷惑をかけて、おまんの立場がなくなったらどうするだ」

二人のやりとりはまだ続くようだ。静江は下駄をぬぎ板の間にあがり、声がもれていた穴から部屋の中をそっとのぞいた。

神棚の下の押入れの前で、姉がうなだれてささくれた畳《たたみ》を見つめている。眼鏡《めがね》のレンズの分厚さが心に突き刺さる。静江も背は高いほうではないが、姉は自分より頭ひとつ低い。

兄が静岡に行ってからは、姉の手を引いて学校へ連れていくのは静江の役目だった。それともうひとつ、いじめっ子から守ることも。兄はずっと級長をしていて卒業生総代もしたくらいだったので、いじめっ子たちから一目おかれていた。その代わりをするのは静江には酷《こく》だった。

いじめっ子たちは、道ばたに落ちている棒を振り回しながら、「おまんの姉ちゃん、片《かた》輪《わ》者、おまけにめくら……」と、心ない言葉ではやしたててくる。静江は片手で姉の手を引き、もう一方の手には握れるだけの小石を持ち、ズボンのポケットには予備の小石をふくらませていた。静江は、道ばたの小石を見ると、ついポケットに入れてしまうのが癖になってしまっていた。小石は静江にとってただ一つの、姉を守るための武器だったのだ。

そんな自分を笑いながら、「ばかだな、あたしは。もう、姉ちゃんを守らなくてもいいのに」とつぶやくのだった。

姉ちゃんが兄ちゃんみたいに利口《りこう》ならどんなにいいだろうかと、ずっと思っていたことは確かだった。ううん、せめて普通ならばと、そうすれば自分ひとりで学校に行ける。それをずっと待っていたではないか。とうとうその日が来るのだ。だけど、と静江は自分の心に問いかける。

——姉ちゃんが浜松へ働きに行く。守ってくれる人がいなくて、姉ちゃんはどうするんだろうか。ゆき叔母がいい人だって、そこまで面倒みきれっこない。母ちゃん、頼むで姉ちゃんを浜松へやるのはよしてやぁ。

静江だけ高等科に行くことを思うと、心臓に靄《もや》がかかったようになる。でも、高等女学校は行けずとも、もっと、もっと勉強はしたい。どうしたらいいのだろう。ポケットの中に残っていた砂利《じゃり》のような小石が指の間からこぼれ落ち、こらえていた涙が込みあげ、洟《はな》をすすった。

「静江か?」

その音に気づいたのか、母が障子越しに声をかけた。静江は指先で目元をぬぐい、立てつけの悪い戸を開けた。

「父ちゃん、若大将に頼まれて木材置き場に行っていて、いなかった。じいじいもちょうど出かけていて、貯水池を全部さがしたのに見つからなくて、また事務所に戻ったらじいじいがいてさ、たった今、出たばかりだって教えてくれた」

嘘をつく後ろめたさはあったが、半分は本当のことだったので、滑《なめ》らかに言葉が口をついて出た。

「若大将に頼まれたのなら仕方がないね」

母はほっとしたように言い、

「そうそう、ゆきから、おまんにお土産《みやげ》もらっただけいがね」

と、浜松の松菱百貨店の包装紙に包まれた四角い箱を雑誌の束《たば》の横において、自分の隣に座るように静江に向けて顎《あご》をしゃくった。雑誌も叔母が持ってきてくれたらしい。

雑誌はいとこたちが見てから、給仕や女工たちが回し読みした先月号である。すりきれて表紙が心もちめくれあがっているようなものだが、本の好きな静江には気にもならなかった。まずは雑誌の束を見ていき、【子供の科学】の表紙を見て静江はぎょっとした。

蒼空に軍機が三機飛び、腕章をして防毒マスクをつけた人物が描かれている。不気味な絵の背景には、炎がめらめらと燃えあがっていた。

――このごろは兵隊さんとか、こんなもんばっかりだ。

いつもなら【少女の友】をすぐに手にする静江なのに【子供の科学】の表紙を凝視したまま固まっているのを不審に思ったのか、叔母は、

「家ではだいぶ前からそれをとっているからいいけど、紙が手に入らないらしく、新たな申し込みはお断りとの広告が出たの。こんなに紙の質が落ちてざらざらなのにねぇ。他の雑誌もおんなじ広告を出したみたい」

そう言って大きなため息をついた。

叔母の機嫌をそこねてはいけないと思って静江が【少女の友】をパラパラとめくると、可愛《かわい》いデコちゃんが馬と並んだ写真が目に入った。デコちゃんとは、子役から映画俳優になった人気者の高峰秀子で、なんとさっきラジオで歌っていた【めんこい仔馬】が新しい主演映画の主題歌となっていた。映画の題名は《馬》である。

叔母に頼めば浜松で《馬》の映画に連れていってくれるかもしれないと、淡い期待に胸を膨《ふく》らませた。姉が浜松に住み込みで働きに行けば、叔母は静江の汽車賃と映画の入場券を奮発《ふんぱつ》してくれるだろう。だが、それはすぐに打ち消した。

——そんなこと、姉ちゃんのことを思えば頼めるものか。いとこの蔑《さげす》んだ目も見たくない。まして高等女学校の制服も。そうだっ、島田に来るのはずっと先になるだろうから《太陽座》で下足番をしている友だちのお母さんに、こっそりと見せてもらおう。《太陽座》は芝居《しばい》もやる映画館である。ビラ下（電信柱などにビラを貼ること）をいつも手伝っているのだからと、自然に頬がゆるんだ。

「おいっ」

母の肘鉄砲に突かれて、静江は雑誌をあわてて畳の上に置き、叔母のお土産の四角い箱を抱えた。

「叔母さん、いつもありがとうございます。開けていいですか」

「いいわよ。静江にあげたくて持ってきたものだもん。ここで開けてみな」

手に取ると安っぽい椿油の匂いでなく、なんともいえない香りが静江の体をつつんだ。

真っ白いハンケチが二枚、三角に折りたたまれて入っていた。

「うぁー、嬉しい。こんなきれいなハンケチ見たことない」

旦那衆の娘でも、このような物を持っている子はいない。同級生のほとんどの子は、手ぬぐいを半分に切ったものを使っているし、上着の袖で青《あお》っ洟《ぱな》をふいたり、モンペやズボンの尻で手をふいている子も多かった。

「母ちゃん、一枚おろしていい」

するっとした手触りが掌《てのひら》に伝わり、静江は上目遣いで聞いた。

「もったいないこと言うんじゃない。しまっておけ」

母の言葉は絶対だ、従うしかない。包装紙を元のようにたたんだ。

「あたしのが二枚あるから、一枚あげようか。少し古いけど。姉さん、それならいいら」

叔母は巾着袋《きんちゃくぶくろ》から白いハンケチをとりだし、静江の掌に載せ、その上をポンと優しく叩いた。ハンケチをポケットにしまいながら、静江は母と叔母を交互に見比べ、「やっぱり姉妹だ、似ているな」と関係ないことを考えていた。

雑誌とハンケチの入った箱を自分の柳行李《やなぎごうり》にしまいながら、ふっと思いだした。

——そうだ、父ちゃんからもキャラメルもらったっけ、天使の姉ちゃんと半分こしよう、喜ぶだろうな。

背戸に連れて行ってびっくりさせてやろうかなと、姉にそっと近づき手首を黙ってつかんだ。そのとき、奥の間で妹が泣きだした。

「静江、赤ん坊のしんめえ替えとくれ。おっぱいはさっきらっかい飲んだから」

「はーい。姉ちゃん、あとでいいもんあげるね」

母への返事は元気よく、終わりの言葉は囁《ささや》くように姉に向けて言った。わかったのかわからないのか、姉は口を半開きにしたまま小さくうなずいた。

「しんめえ替えたら、すぐに出かけるから。わかったかいっ」

追い打ちをかけるような母の声が、有無《うむ》を言わせぬ口調で飛んでくる。

洗いざらしの絣のモンペの母が、中綿があちこち顔を出しているあわいこに妹を背負い、やや大きめの柳行李を抱えて先頭を行く。海老茶《えびちゃ》と藍《あい》の縞《しま》の銘仙《めいせん》の姉が合切袋《がっさいぶくろ》を持ち、うつむき加減について行く。その横を、品のよい羽織の叔母が姉を抱きかかえるように歩く。静江は姉の下駄などの小物が入った小さな柳行李を、右に左に持ち替えたり抱えたりしながら後に続く。大小二つの柳行李には紐が結《ゆ》わえられ、持ちやすいように取っ手がついていた。

島田の駅は、緩やかな坂道をのぼった先にあり、駅舎も改札口も木の香りがした。改札口では、おかっぱ頭の幼女が遊んでいて、さっき製材所で見た富士山を思い出した。幼女は改札口に乗り、遊動円木でもするかのように前後ろに漕《こ》いでいた。駅員は連れの姉らしい女の子に注意したものの、苦笑いして詰所に戻った。

——小さいころ、兄ちゃんと姉ちゃんとあたしでこうして遊んだっけ、あの頃は駅ができたばかりで、駅員にいっつも叱られてた。

遠くを見つめる静江の頭の上に、

「なにを、ぼんやりしているだ。ほれっ、おまんの入場券」

と、母の声が降ってきた。我にかえり、あわてて券を受けとる。

四人は洞窟《どうくつ》の中のようなひんやりとした地下道を通り、階段を上ってプラットホームに出た。上りきって右手は静岡方面へ行く上り列車、左手が浜松方面の下りである。プラットホームの真ん中あたりにある待合室に入った。待合室といっても、四隅の丸太の上にトタン屋根がのっていて、木製のベンチがあるだけである。

静江は小さな柳行李を、家からずっと持ったり抱えたりしてきて腕が痛かったので、ベンチの上に置いた。が、座らなかった。座ってはいけないような気がしたのである。自分は島田にいて高等科に進級するが、姉はこれから働きに行く、どうして座れようか。なにげなく腕を見ると、網目《あみめ》模様に凹凸《おうとつ》の跡が浮きあがっていた。

母は姉をベンチに座らせると、その横に腰をかけた。姉をはさむように叔母が座る。

静江は待合室を出て、プラットホームの下り方面の端までとぼとぼ歩いた。いきどまりまで来ると、目を上げて線路の向こうを見た。牧之原台地が緑の屏風《びょうぶ》のように連なり、紙料工場の煙突から灰色の煙が風にあおられ、直角に折れ曲がっている。煙を目で追いながら首をねじると、上り方面のプラットホームの向こうに、半面を雲に隠した富士山がぽんやりと浮かびあがっていた。

――あっ、そうだっ、キャラメル……。忘れていた。

ズボンにそっと手を入れる。

――ある、確かに入っている。叔母にもらったばかりのハンケチも。

待合室に戻ろうときびすを返すのと、下り列車の到着を告げる案内放送が同時だった。まず叔母が立ち、次に母が立ちあがっている。が、姉は下を向いたまま動こうとしない。母と叔母は顔を見合わせ、うなずき合うと、姉の腕をつかみ、立ちあがらせようとしていた。静江は一目散《いちもくさん》に待合室に走り、大小二つの柳行李を、腰に力を入れて両手で持ちあげた。

汽車が煙を吐きながら汽笛《きてき》をあげて、プラットホームめざしてやってくる。

家を出るときも、改札口をぬけるときも、ものひとつ言わず、母のいいなりになっていた姉が二人の手をもぎるように振りはらい、その場に頭を抱えて座りこんだ。

静江は真っ赤な顔をして踏ん張りながら、そっと母の顔を盗み見た。母は一瞬、姉を見遣ったがすぐに目をそむけた。しかし、そこには確かに動揺の色が見え隠れしていた。

母の手が飛んでこないのに自信をつけたのか、

「ギャオーッ、ギャオーッ。行くのやだよーっ、行くのいやだーっ」

と姉は、獣《けもの》が吠《ほ》えるような叫び声をあげた。小柄な体のどこからそんな声が出てくるのか、静江は別人を見ているような思いだった。

「富久、浜松へ行けばおいしいものが食べられるし、働いたお金でほしいものが買えるだよ。映画だって浜松なら誰よりも早く見られるよ。友だちもいるし、島田にいるよか、よっぽど楽しいよ」

叔母は姉の前にかがみこみ、両肩に手をかけて顔をのぞき込むように諭《さと》したが、姉はその手を払いのけた。

「やだ、やだ、やだよう。島田にいたいよう。ここにいたいよう」

プラットホームにうつ伏せになり、両手、両足でドタバタと地面を叩いた。

「富久の部屋もちゃんと用意してあるだよ。その部屋はね、おひさまがよく当たってね、仕事だって富久のできるもんでそんなに大変じゃないよ。叔父さんも待っているし、叔母さんだっているじゃん。ねっ、浜松へいかまい」

叔母はおとなしい姪の思いもよらない行動に戸惑い、呆然《ぼうぜん》と突っ立っている母を見あげた。

姉はいきなり立ちあがり、静江に抱きついてきた。ふいに体ごと抱きつかれ、柳行李の間にはさみこまれるような形で押し倒された。

「しーずーえーっ、ねーちゃんを助けてくりょうよう。浜松なんか行きたくないよー、父ちゃん、なんでこんだよーっ」

仰向けに寝転んでしまった静江の上着を両手でつかみ、姉が覆いかぶさってきた。ガラス瓶《びん》の底のような眼鏡が低い鼻からずり落ちた。姉の洟水と涙の混じりあったものは、生温かいはずなのに、静江の頬はつららに刺されたような痛みに感じられた。

「姉ちゃんっ」

大声で叫んだとき、姉の洟水と涙の混じったものが口に入った。静江はそれが汚いとは思わなかった。ただ、どうしていいかわからなかった。

——子供のあたしに何ができる。

何もできない自分が悔しかった。

ジリジリジリッ、発車のベルが鳴りだした。

姉の肩越しに般若《はんにゃ》がいた。母だと気づくのに時間がかかった。母は姉の両肩を思いきりつかみ、静江から引き離すと、前に回り込み着物の衿元《えりもと》を両手で持ちあげた。

「ぐっ、ぐっ」

姉がうめく。

母の片手が宙を泳ぎ、バシッと乾いた音が響き、姉はプラットホームに叩きつけられた。眼鏡が飛び、ひびが入った。それまで母の背中でおとなしくしていた妹が、火がついたように泣きだした。体の芯から絞りだすような声はあたりを引き裂く。

「姉さんっ、やめてっ」

なおも手を振り上げようとする母を制するように、叔母は二人の間に割りこんだ。

ジリジリジリッ、またベルが鳴る。

姉は哀しみとあきらめの入り混じった目を母に向けたまま、腕を伸ばして手探りで眼鏡をさがしてかけ、立ちあがろうとした。一度では立ちあがることができず、二度、三度、尻餅《しりもち》を繰りかえしたあと、合切袋を拾い汽車に向かってよろよろと歩きだした。叔母は姉の乱れた衿元と裾《すそ》を手早く整えて泥を払うと、抱きかかえるようにして汽車に飛び乗った。

母は静江の手から二つの柳行李をひったくり、背中に赤ん坊をおぶっているのを忘れたかのように駆けていき、それを叔母に渡し、

「ゆきっ、富久のこと頼むな。ふんとうに、ふんとうに頼む」

と言いながら、これ以上曲がらないほど腰を折り、両手をこすり合わせた。

「姉さん、安心して。眼鏡は浜松で作り直すし、便りはひんぱんに出すから……」

汽車の戸が閉じられそうになった。そのとき、静江は誰かに後ろから背中をポンと押されたような気がし、弾かれたように走った。

「姉ちゃん、これ、父ちゃんから」

キャラメル箱を渡すと、閉じられていく戸の隙間から、少しゆるんだような姉の顔がほんのりと紅でもさしたように輝いた。姉はそれをみせびらかすように左右に揺らした。黄色い箱に描かれた茶色の天使も、かすかに微笑《ほほえ》んでいるようだった。

風がまきあがり、黒い煙が二人の間をさえぎる。蒸気を吐いていた汽車はゆっくりと動きだし、ガタンガタンと重い音をたてて走りだした。

母は先ほどからの姿勢を崩すことなくずっと頭を下げ、肩を小刻みに震わせていた。つかんでいたモンペの脇には蜘蛛《くも》の巣のような皺が広がっていた。

——母ちゃんが泣いている。やっぱり、あたしや姉ちゃんの母ちゃんだ。

背後からあわいこごと抱きつくと、掌が母のおっぱいのあたりに触れた。丸い柔らかなそれは懐かしくて、いつまでも触っていたかった。その手を母は握り締めた。静江はこらえきれず、はじめて声をあげて泣いた。

すると母は、

「富久ーっ、かにしてくりょうな。母ちゃんの体が弱いばっかりに」

とその場に崩れるようにへたり込み、身を打ちつけるように投げだし、両手で地面をかきむしった。

「姉ちゃーん」

静江は母から離れ、ハンケチを振りながら汽車を追いかけたが、プラットホームの先端であきらめ、その場に立ちつくした。

汽車は緩やかなカーブに差しかかり、窓から体を乗りだした姉が白いものを振っているように見えた。

「姉ちゃーん。二年待っててねーっ。高等科をでたらあたしも浜松にいくからねーっ」

太陽は光の筋をきらめかせて、牧之原台地に姿を消そうとしていた。去っていく汽車の黒い体は、いつしか黒点となっていった。静江はまぶしくて目くらましにあったようになり、まばたきを繰りかえした。真っ暗で何も見えなかったが、目が慣れてくると、うす闇の中で白いハンケチが、さようならをするように振られていた。踏切小屋の白木蓮の老樹だった。

小屋の周りは打ち捨てられた雑木林となっていて、背の高い草などが生い茂っていた。木柵の向こうで風が騒いだ。菜の花の群れの中で何かが動き、すぐに消えた。

——父ちゃんだ。

まさか、木材置き場に行ってまだ帰ってきていないはず、でもあれは間違いなく父ちゃんだったと思う。はっぴが一瞬だが見え、鳶口らしい尖った先が、夕陽をあびて鈍く光っていたのだ。

乳の匂いが静かに近づいてきた。振り向くと母が立っている。

「静江、父ちゃんも富久を見送りに来てくれたね」

母はほつれた生え際の髪の毛を手ぐしで直しながら、木柵の方向に視線をさまよわせていた。

「うん。父ちゃん、来てくれたね。姉ちゃん、父ちゃんからの天使のキャラメル、すんごく喜んでいたっけ」

「キャラメル？　天使？」

母はしばらく考えていたが、はっと顔を上げ木柵に向かって、

「富久はうちに幸せを運んでくれる天使じゃもんねー」

と、叫んだ。

泣き疲れ、よだれをたらし、指をしゃぶっている妹の目と口元を静江がハンケチでそっとふくと、あわいこから両手を出し、ハンケチを欲しがるそぶりを見せた。静江が渡すと妹は「あーあー」と言いながら、丸い小さな手を高々とあげ、ハンケチをひらひらさせた。

「富久ねーちゃん、バイバーイ。浜松で頑張ってねーっ。元気でねーっ、あたしも母ちゃんのおっぱいいらっかい飲んで大きくなるからねーっ」

静江がお餅のような妹の頬をつつきながらそうつぶやくと、妹は母の背で声をたてて笑った。

真っ赤だった頬が淡い紅色にかわった妹に、さっきキャラメルを渡したときの姉の表情が重なった。

沈む日は蒼い光を少しずつ失っていき、雪の残る山肌にほんのりと頬紅をほどこした富士山を背景に、白木蓮が寄り添うように揺れていた。

紅色にそまっていた島田の空に、やがて濃い闇がおりてきた。

いぼ取り地蔵

昭和三十四年の秋空はからっと晴れていて、子供たちの歌声に合わせるかのように、赤トンボも楽しげに群れていた。

郵便やさん
落とし物
拾ってあげましょ
一枚、二枚……

縄《なわ》の中で跳ねるたびにスカートが舞い、股《また》の下から風が入ってくる。縄をひっかけないように地面のハンカチを拾う。ズック靴の底からは、空き地の優しい土が跳ねかえる。久しぶりで仲間に入れてもらえて、みどりの心ははずんでいた。
「やーめた」
縄をまわしていた六年生の雪枝《ゆきえ》ちゃんが、いきなりそれを地面の上に放りなげた。まだハンカチを全部ひろっていないというのに。両足の間がスースーするような、腰とおなかのあたりが、からっぽになってしまったような気がした。

「飽《あ》いちゃったで、こんだあ、長縄《ながなわ》にするよ。遊ぶ人、この指とまれ」

みんながわれ先にとその指に群《むら》がったので、みどりも搭の先っぽをつかもうとすると、雪枝ちゃんはそうさせまいと指をひっこめた。

「えーと、縄を持つ人決めるね。みんな座って」

「じゃんけんじゃないの？」

先生の言うことを聞く生徒たちのように、みんなは膝小僧《ひざこぞう》を揃えて座っていたが、五年生の智子《ともこ》ちゃんが口をはさんだ。

「あたしが決めるの。真知子《まちこ》ちゃん、えーと、もうひとりはみどりちゃん」

みどりは、茎や葉がツユクサに似ていて、赤紫色に白が混じった卵型の形をした三つの可愛い花びらがついた、見かけたことのない草をさわっていたが、やっぱりなと思い、うつむいていた顔をあげた。草をつかんだままスカートの裾を払い立ちあがると、根についていた土のかたまりがぼろぼろとこぼれ落ちた。その草を雪枝ちゃんが、一瞬鋭い目で見つめていたのが何となく気になり、あわてて掌から放した。

「誰かが足をひっかけたら、あたしはかわってもいいら？」

三年生の真知子ちゃんが雪枝ちゃんにおもねるように訊《き》き、みどりに片方の縄の先を投げてよこしたので、むっとしたが黙って受けとった。

「真知子ちゃんは、かわってもいいけいが」

また、最後まで縄持ちなのだろうか。いち抜けたと言いかけたが、ここで帰るとまた何をされるかわからない。

いつもいるかいないかわからない子だったので気づかなかったが、みどりと同じ四年生の加代《かよ》ちゃんがいないのにみどりはそのときはじめて気づき、この間の落とし穴のことを思いだした。

――ひとりで石けりをして遊んでいると、加代ちゃんがにやにやしながら近づいてきた。

「ちょっと、おいで」

「何か、用?」

「雪枝ちゃんが、みどりちゃんを仲間にいれてあげるからおいでって」

「いいよ」

「来なさいよっ。ちょっとだから」

命令というより懇願の口調で加代ちゃんは言い、どこにそんな力があるかと思うほど、乱暴に腕をつかんだ。みどりは、手をふりほどいて家の中に逃げこむこともできたのに、そうしなかった。同じように仲間はずれにされたり、いじめられたりしている加代ちゃんに同情したのかもしれない。

連れて行かれたのは、子供たちが隠れ家と呼ぶあばら家だった。そり返った枯れ葉がズック靴の下でカサカサ音を立てていた。靴底がわずかに沈みこむ。雪枝ちゃんは子分を七、八人したがえて、気味の悪い笑みを顔に貼りつけ木に寄りかかっていた。

「遊んであげるから、こっちにおいで」

雪枝ちゃんは猫なで声で手招きした。枯れ葉の間から新聞紙が顔をのぞかせている。まわりには掘りかえされたらしい土が土手を作っていて、ズック靴の足跡がわずかに残っていた。なんと幼稚な落とし穴だろうか。

「早く、行きなよっ」

子分の一人が言った。

それを制して、ややたってから、雪枝ちゃんは、

「おいで」

ともう一度言った。みどりは足を踏みだした。新聞紙はガサッと音を立て、かなり深い穴に膝上まではまりこんだ。おまけに水まで張ってある。

「やったぁ」

「わーい、わーい。とーんま、とんま」

　とんとんとんまの天狗さん
　こーどもが大好きー
　僕らのなかま……

鼻眼鏡《はなめがね》で人気のキャラクターが主人公のテレビドラマのテーマソングが、樹木の間をすりぬけていく。落とし穴とわかっていたくせに。悔しさがこみあげ、ふいに涙が溢れる。泣きだしたみどりを見て、子供たちは歓声をあげて逃げていった。

脇にころがっていた丸太には、粉をふきだしている茸《きのこ》がいくつか生えていた。誰かに見つからなければいいなと、みどりは周りを見回した。大人は、ささいなことをややこしくさせる。これぐらいのことで泣くものか、泣きやむのだと自分に言い聞かせ、土に手をついて穴からはいあがり、丸太に腰をかけた。ぐっしょりと重いズック靴を脱ぎ、片方ずつ逆さまにして泥水を出してから丸太の上に置き、靴下のつま先を引っぱった。ねずみ色のしずくが枯れ葉を濡らした。——

「なに、ぼんやりしているっ。しっかりまわしなっ」

雪枝ちゃんの大声が頭の上からふってきて、みどりは我にかえった。

「おーはいりー」

真知子ちゃんと声を合わせ、縄を両手でまわす。縄がぶんぶんまわり、泥や根っこごとちぎれた草が空中にはねる。雪枝ちゃんを先頭に、子供たちがつぎつぎに縄の中でいちれつ並びになった。

「あっ、ひっかかった」

真知子ちゃんはみどりに相談もせず、縄の中に入った。二度目も三度目も同じで誰もかわってくれない。腕は痛くなるし、掌も真っ赤だ。こんど、誰かが引っかけたら思いきって言ってみよう。明るく、そしてさりげなく。でも、そういうのってどのように言ったらいいのだろうか、と思いながらまわす。

「あっ、智子ちゃんがひっかかった。代わってやあ」

——言えたっ。

みどりの弾んだ声が青空にすいこまれていった。

「みどりちゃん、あんたのまわし方が下手だったから、智子ちゃんは代わらなくていい」

女力道山とあだ名のある雪枝ちゃんに、子分たちはひれふす。力道山は、空手チョップが得意技のプロレスラーで、テレビの人気者だ。

「へーた、へーた」

誰かが口にすると、みんなは唄うようにはやし立てた。誰も仲間はずれにされたくないのだ。

「あたし、足が痛くなったので縄持ちするよ」

そんな空気をやわらげたのは智子ちゃんだった。

家内だけで下駄などの蒔絵を描いているみどりの家と違って、智子ちゃんの家は製材所で、いま遊んでいる空き地は智子ちゃん家《ち》の地所《じしょ》だ。三年くらい前までここは木材が浮かぶ貯水池だったが、埋めたてられて原っぱになり、子供たちの遊び場となっていた。「立ち入り禁止」と書かれたベニヤ板が見える木柵の向こうには、木材が階段状に積みあげられ、帯鋸で製材されたものは天をつくように交互に立ちならんでいる。

智子ちゃんはきれいな顔をしていて、雪枝ちゃんのお気に入りだ。

「そんなら、しかたないね。代わっていいよ」

みどりは字を書いたり、箸《はし》を持ったりする手は右手なのだが、長縄やとび箱の踏み板はみんなと逆でないと入れない。縄の持ち手はなんどかかわり、雪枝ちゃんの後にみどりが入った。みどりのスカートが広がる。向かい合った雪枝ちゃんの体から、垢《あか》じみたにおいがみどりの鼻にかぶさった。みどりはその臭いを我慢していたが、雪枝ちゃんは何が気に食わないのか後退《あとずさ》った。そのとき雪枝ちゃんは、彼女のほころびたズボンの裾に縄が触れて、足をからませ尻餅をついた。

「だから、あんたを入れるのは嫌だっただよっ。縄跳びするのに、スカートなんかはいてくるから悪いだよ。いぼだらけの顔にそのスカート似合うわけないじゃん。もう、あんたとは遊んでやらん。絶交《ぜっこう》」

雪枝ちゃんは、ズボンの尻についた草や泥などをふり払いながらにらんだ。縄を持ったまま、智子ちゃんは何か言いかけたが、すぐにまつげを伏せた。智子ちゃんもスカートをはいている。それも流行のフレアスカートだ。みどりは、母が夜なべして作ってくれたギャザースカートの両脇をぎゅっとつかみ、唇をかんだ。

「もう絶交だから、最後にあんたに、いいこと教えてあげようか。おいで」

雪枝ちゃんはみどりの腕をつかみ、さっき抜きとった赤紫と白の小さな花がついた草を拾って、

「この草の名前を知っているよね。なんてったって学級委員さまだもんね」

と、草で頬を叩いた。みどりは根についていた細かい土が目に入りそうになり、とっさに瞼を閉じ、

「知らない」

と答えたが、口の中に土が入ってあわてて吐きだす。

「ふん、知らないの。だったら教えてあげようか。しっかり目を開けて見な。これはね、イボクサっていうだよ。いぼ取りに効くかどうかは、あたしも知らんけどさ。草の名前を知っていて答えたら、絶交を取りやめてまた遊んであげてもいいかと思ったけいが、残念でした。バイバイ」

雪枝ちゃんは口を曲げ、そう告げると、イボクサを地面に放り投げた。

「かくれんぼ、するものよっといで」

彼岸花が赤い三尺帯《さんじゃくおび》のように続いているあぜ道を、雪枝ちゃんは片手の人差し指を高々とあげながら走っていった。その後を、みんなは一列になって追う。智子ちゃんは一度だけふりむいたけれど、いちばん後ろについていった。

みどりはそっと顔に手をやった。ぶつぶつとした感触が掌に当たる。仲間はずれにされまいと思い、遊んでいたときは忘れていた痛がゆさを感じ、顔を掻《か》いた。いぼが取れ、爪の中に血が入った。その手で学級委員のバッチを握る。二学期になって学級委員のバッチをもらってきたときは家じゅう大騒ぎだった。家族が喜ぶので言えなかったが、勉強ができて選ばれたのではない。「つづり方教室」の作文が「わかしだ」という文集の収載候補になり、夏休みの宿題の絵が市のコンクールで入選した。たまには違う人がなったほうがいいということで、一票差で委員になれた。これで雪枝ちゃんからのいじめはなくなるだろうと思っていた。みどりはもう片方の手でイボクサを拾い、根っこの土を払った。

長い自分の影を踏みながらうつむいて歩いていると涙が落ちそうで、みどりは顔をあげ歩きはじめた。家々の両側の羽目板《はめいた》が夕焼けをあびて真っ赤にそまっていた。

家の裏木戸が見えてきて、煮物とおみおつけのにおいがしてきた。裏木戸を音がしないようにそっと開け、井戸端《ばた》のたらいに残っていた水で顔を洗うと、さっきかじったいぼの傷痕が滲《し》みた。目の周りをハンカチでふき、台所の板戸を開け、縄のれんの向こうを透《す》かして見た。

お鈴おばあちゃんが後ろ向きになって、手ぬぐいを姉《あね》さんかぶりにして竈《かまど》のそばにしゃがんでいる。そうして火吹き竹を両手でつかみ、しきりに竈の下を吹いている。薪《まき》が何本かくべてあって、火が燃え上がると丸めた背中が真っすぐになる。煙が目に入って涙が出たのか、それとも本当に泣いたのか、横向きになった顔がほんのりと染まっていたが、いつものお鈴おばあちゃんでなくよその人に見えた。

「おばあちゃん、ただいま」

声をかけるのをためらったが、勇気を出してみどりが声をかけると、お鈴おばあちゃんは火吹き竹を竈の脇に立たせてから、両手を腰の上に組んでゆっくりと立ちあがった。そしてみどりの足元に目をやり、安心したような顔をした。いつものお鈴おばあちゃんに戻っていたのでほっとしたが、できるだけ顔を見せないように体の向きには気を配った。

お鈴おばあちゃんは、みどりが持っている草が気になるようで、目を近づけてためつすがめつながめていたが、

「みどり、おまん、それどこで見つけただ。よこせ」

と、手をさし出した。

「どこって、智子ちゃんちの空き地だけいが」

「材木置き場の近くの、貯水池を埋め立てたとこだか？」

「うん、そう。おばあちゃん、この草の名前、知ってるだか」

それには答えず、お鈴おばあちゃんは、

「灯台もと暗しだな」

とうれしそうにつぶやき、縁の欠けた茶碗《ちゃわん》や湯呑《ゆの》みの入っている竹籠《たけかご》の中から一つを選び、水甕《みずかめ》に向かい杓子《しゃくし》で水を入れて草を挿《さ》した。イボクサと雪枝ちゃんが教えてくれたと、喉元まで出かかったが、何となくせつなくて口に出せなかった。

「雪枝ちゃん、遊んでくれたか」

「うん。遊んでくれたよ。縄跳びでしょ、缶けりでしょ、東京いっぽさんぽでしょ、かくれんぼもしてくれた」

「そうか、そうか、よかったな。栗を茹《ゆ》でたで雪枝ちゃんに持っていってやるかな。みどり、竈の火加減、ちょっくら見といてくれ」

お鈴おばあちゃんは手ぬぐいをとり、顔中の皺を寄せ集めながら蝿帳《はいちょう》から栗を出し、お皿にのせた。

「子供会の班長会議に行くって公会堂に行ったで、今行ってもいないよ」

みどりは、布巾《ふきん》をかけていそいそと出かけようとするおばあちゃんの背中に釘を刺すように言ってから、舌を口の奥に押しこんだ。地獄の入口で閻魔《えんま》様に舌を抜かれるかもしれないと思い首をすくめたのだ。

「あとで食べてもらえば、いいずらよ」

「行かなくていいよ！」

どうしてそんな言葉が出たのだろうか、みどりは自分の口から出た言葉に自分で驚いた。おばあちゃんは敷居の前で、皿を持ったまま、首だけねじった。半白の髪を後ろでボールのように丸めた髷《まげ》に夕陽が当たっていた。名前は知らないが、おばあさん役を演じる女優さんによく似ていた。映画のシーンに登場するようなお鈴おばあちゃんを見て、竈の前の様子が重なって、この間のおひまちの寄合《よりあい》のときのことを、ふと思い出した。

――「お鈴さんは島田にお嫁に来る前に《アシイレコン》で相性があわず出戻り、《カケオチ》《ダタイ》もしてきただっちょうよ」

と、親戚の女衆《おんなしゅう》が小声で話をしていた。みどりが障子の陰で聞いていることに気づくと、一番年かさのおばさんが目でみんなを制して話題を変えた。――

そのときは意味がわからなかったけれど、今は何となくわかるような気がして、みどりはお鈴おばあちゃんの別の顔をじっと見つめた。

「みどり、どうした。あちしの顔になにかついているんか」

お鈴おばあちゃんが顔を曇らせて訊いた。

「ううん、別に。ただ、行かなくていいと思ってさ」

みどりは女衆の言葉をふり払い、お鈴おばあちゃんに言った。

雪枝ちゃんは、五人きょうだいの末っ子だ。桶屋《おけや》をしているおじさんは、昼間でも裸電球をつけた板の間であぐらをかいて、時々せきこみながら木を揃えたり、たがをはめたりしていた。年の離れた四人のお兄さんやお姉さんは、中学を出て都会で働いている。おばさんは、いつも青白い顔をして梅干をこめかみに貼っていて、薄い布団はいつも敷きっぱなしだった。

おじさんとおばさんは絶えず苛立っていた。去年のクリスマスの夜、雪枝ちゃんは寝間着一枚で家から出されて泣いていた。「雪枝ちゃんも泣くんだ」とみどりはその時思った。お鈴おばあちゃんが、小さい頃から泣き虫で気の弱いみどりを案じて、雪枝ちゃんにお菓子や小銭を上げていることをみどりは知っていた。仲間はずれになるのは嫌だけれど、そこまでして遊んでもらおうとは思わない。クラスの友だちだっている。

「絶交だってさ」

みどりがふっきれたように言うと、お鈴おばあちゃんはきびしい顔になった。

「集団登校どうするだ。人さらいに連れていかれるたらどうするんだ」

人さらい、人さらい、みどりは二年前のことを思い浮かべ、体をぶるっとさせ目を閉じた。


——二年生の夏休み、みどりは母の在所である権現原《ごんげんばら》のおかのおばあちゃんの家に遊びに来ていた。外がさわがしい。何だろうかと、土間をおり下駄をつっかけた。

「おもてに出るんじゃない」

おかのおばあちゃんの声でふり向いた。いつもの怖さとはちがった、今まで見たことのない顔でにらまれたので、しかたなく下駄を脱ぎ、あがりはなに腰をかけて届かない足をぶらぶらさせた。

　まかはんにゃ

　はらみった

お経を唱える声が、ガラス戸を開け放った座敷の向こうから聞こえてくる。

「おばあちゃん、どこかでお経を唱えているじゃん。行かなくていいだか」

「今日はいいんだ」

「何で？　おばあちゃんはいつも先頭じゃん」

　かんじざい

声が一段と大きくなった。おかのおばあちゃんはなぜかそわそわしていたが、その声を聞くと奥座敷の仏間に入って数珠《じゅず》を持つやいなやみどりの横を通りぬけ、おもてへ向かった。みどりも下駄を履いて、ついていこうとした。

「子供が見るもんじゃない」

おかのおばあちゃんは、後ろ手で母屋の板戸をぴしゃんと閉めた。が、みどりは板戸のすきまからそっとのぞいた。

ちょび髭《ひげ》をはやし背広を着てそり返っている人、ピストルを腰にかけた警察官、こん棒を抱えた消防団、紺のはっぴを着て股引きをはいたおじさんたちが、ぞろぞろ遠足みたいに列を組み、家の前の農道を歩いている。どこから来たのかおおぜいの人が、垣根をこえて庭の中まで入りこんでいた。放し飼いにされた鶏《にわとり》がトサカをたて、羽を広げながらけたましい声を上げて走りまわり、いちもくさんに鶏小屋に逃げていく。手を合わせているお婆さんやおばさんたち。大きなカメラを抱えたお兄さんたちもいた。

だんだん大きくなるお経の声。

どよめきが上がり、筵《むしろ》に囲われ、縄でしばられたものが人垣《ひとがき》のあいだから見えた。担いでいた人が小石にでもつまずいたのか、よろけたみたいで筵のすきまから人形みたいな小さな足首がだらりと飛びだした。

おかのおばあちゃんがふり向いたので、座敷に上がり、読みかけの少女雑誌をめくった。首にかけた手ぬぐいで目をふきながら土間に入ってきたおかのおばあちゃんは、足元にころがっていた赤い鼻緒《はなお》の下駄を拾い、あがりかまちの前で裏返しになっていたもう片方の下駄を揃えて、座敷にあがった。みどりには甘いお鈴おばあちゃんと違い、おかのおばあちゃんは行儀作法にとてもやかましい。叱られると思い、身構えた。

「少女ブックが逆さまになっちょるぞ。いつもそうして読むんか」

あれっ、いつものおかのおばあちゃんとは違うじゃんかと思いながら、みどりは本の向きをかえた。

「かわいそうにのう。人さらいにさらわれて行方不明だった女の子が、裏山《うらやま》の地獄沢《じごくざわ》の松林《まつばやし》で殺されていただっちょう。みどりも知らない人についていくんじゃないぞ。いいか」

そう言い残し、おばあちゃんは仏間に入っていった。薄暗い部屋にろうそくが灯り、お線香のにおいが家の中に漂いはじめた。

みどりは裏庭に出て、かまぼこ型にならんでいる茶畑の間の小路をかけあがり、丘の上に向かった。陽射しが強くて、道具小屋の前の榊《さかき》の木陰に入った。真夏の太陽は大井川の川面《かわも》をギラギラと照りつけていた。行列は蓬莱橋《ほうらいばし》を渡っていく。豆粒のようになるまで、みどりはそれを見ていた。ふと、裏山の地獄沢から殺された女の子の叫び声が聞こえたように思え、膝が震えた。恐ろしさが体の中をはい上がる。逃げようとしたが、足が動かない。みどりの眼は筵をとらえたまま動けない。

——おかのおばあちゃん、怖い、助けて。

そのとき、どこからともなくお経の声が聞こえてきた。

声は川風と混じり合い、体中から噴き出てきた汗を拭ってくれ、鎖も解かれた。

ぎゃあてい　ぎゃあてい

みどりは手を合わせ、知っているところだけなんども唱えた。――

「もう、大丈夫だよ、二年たったし。途中で友だちがいるし、雪枝ちゃんだってもうすぐ卒業するじゃん。ひとりで行けるよ。最近は集団登校する子も少なくなったもん」

みどりは記憶を遠くへ押しやり、流し台で手を洗った。

「やっぱ、行ってくるずら」

「行かなくていいってば」

みどりはお鈴おばあちゃんの前に立ちはだかり、皿を無理やりとりかえした。

「お母ちゃんは？」

皿を蝿帳にしまいながら、みどりは聞いた。

「まだ、仕事場だよ。少しぐらい手伝《てんだ》やーいいに、年寄りにやたらくたやらせて」

「下駄屋の大将に急ぎの仕事頼まれたんだもん、しょんないじゃん」

東京の百貨店に卸《おろ》す、父の言うところの高級な駿河下駄の注文があり、夜なべしても追いつかないようだ。

「いいいい、ばんげんの飯の支度ができたで、お父ちゃんとお母ちゃんを呼んできておくれ」

お鈴おばあちゃんも何かを感じたのかそれ以上は言わず、おみおつけの入った鉄なべにネギを入れると茶の間に行き、部屋の隅に立てかけてあった丸いちゃぶ台の足を組み立てはじめた。お盆の上には沢庵《たくあん》と胡瓜《きゅうり》のおこうこといわしの煮つけが用意されていた。どこにいたのかハエが数匹、群がってきた。天井からつり下がったハエトリ紙に何匹かが突撃し、ゆらゆらと紙が動いた。見るとはなしに見てから視線を下げると、藁くずのとび出た土壁に電気屋でもらった鏡が掛かっていた。

　背伸びしてみどりは、鏡をのぞき込んだ。凹凸の乏しいまん丸い顔が映った。なんど見ても嫌になる。それにこのいぼも。さいしょは米粒のように白かったのに、今はグミの実のように汚く不気味だ。智子ちゃんみたいにきれいな顔を望まなくとも、真知子ちゃんのように笑窪《えくぼ》がへこむ可愛い子ならと鏡を見るたびに思う。それか、一年生からずっと学級委員をしている優秀な子だったらとか、運動神経抜群の子だったらとか、自分が誰かだったらとみどりはいつも考えていた。そして、考えたって仕方ないじゃんとあきらめて、鏡から離れる。

　気をとりなおして、また鏡を見る。おでこにだけできていたいぼが、いつの間にか頬にも広がっていて、さっき掻いたものが血でかたまっていた。雪枝ちゃんが、イボクサが治るかどうかは知らないと、意味ありげに言ったことが気になったが、学級委員を一回もやったことのない女ガキ大将の言うことなんてあてになるわけないじゃんと、頭からふりはらった。

でも、さっきのお鈴おばあちゃんの態度、あれは何だろう、あの草は本当に効くのだろうか。いぼができはじめたばかりのころ、お鈴おばあちゃんが寝る前に「こうすると、いぼがねぐさって治るずら」と、いぼを木綿糸で縛ってくれた。一つ、二つのころは結んでもらった。確かにくさって治った。が、その痕は残った。

「そのうち治るら」

小さくつぶやき、いぼにつばをつけ、はなれの仕事場に足を向けた。仕事場といっても、納屋《なや》を改造した板敷きの掘《ほ》っ立《た》て小屋だ。庇《ひさし》の下にはトノコ臭い下駄がうずたかく積まれて、シンナーとラッカーのにおいがした。

父が銀色の小鉢に細い筆の先をさっとひと刷毛《はけ》させ、漆塗《うるしぬ》りの下駄の上で手首を器用に動かすと、あっという間に鶴と松が描かれていく。その横で母が金粉をふりかける。みどりが小屋に入ってきたのも気づかず、二人は作業に集中していた。その姿は声をかけることをためらわせた。お鈴おばあちゃんによく似た父の横顔と、お盆のような顔に目鼻がついた母を見比べ、みどりは小さくため息をついた。

「ばんげんの支度ができたって」

「やっとばんげんの飯の支度ができたか、ばあさんの手のとろいには、まいるな。夜なべのこともあるんで早めにしろとあれほど言ったたが。口ばっかりは達者で、しょんないばあさんだ」

「また、お父ちゃん、そんなこと言って。お姑《かあ》さんがうちのこととしてくれるもんで、あたしも仕事ができるじゃないの。みどりのことも可愛がってくれるし」

母がそうだよね、とでも言うようにみどりを見たとき、あっと小さく声を出した。それに気づいたはずなのに、父はみどりに視線をやろうともせず、酒の名前の入った紺の前掛けをたたみ、逃げるように仕事場から出ていった。大きく書かれた文字よりも、塗料のシミのほうが目立っていた。


「みどりのいぼ、また増えてきたみたいだけいが……」

お鈴おばあちゃんがおみおつけのおかわりに土間におりたとき、母が父に言った。みどりはお箸を持つ手が止まり、湯呑みにさしてあるイボクサに目をやった。今さっきまで咲いていた、小さな赤紫の花は赤茶色にしぼんでいた。

「そうだな、だんだんひどくなるようだな。病院に行かせようか」

父が浮かぬ顔で答えた。

「なあ母さん、みどりを明日、伊熊《いくま》さんにでも連れていってくれないか」

おみおつけを持ってきたお鈴ばあちゃんに父が頼んだ。

伊熊さんとは皮膚科のお医者さんである。みどりはかぶれ症で、虫に刺されても膿《う》む。母が仕事で忙しく、医者も参観日も行ってくれたのはお鈴ばあちゃんだった。もう慣れたがやはり寂しい。

「医者など行かんでも、いぼ取り地蔵にお参りして、芋《いも》の汁や、イボクサの葉の汁をつければ治る」

お鈴おばあちゃんが声を荒《あら》らげてちゃぶ台に椀《わん》を置くと、汁がとびちった。三人を見比べながらみどりの胸はざらついた。

「だけど、母さん、みどりは女の子だぞ。親としたら治してやりたい」

「珠恵《たまえ》、おまんの在所のおかのさんに相談してみろ。きっとあちしとおんなじだぞ」

「はい。聞いてみます。けど」

「けど、何だ。はっきり言え。おかのさんは気が強すぎるけいが、おまんと親子で足して二で割ればちょうどいいな。顔はくっつけたみたいだがなぁ」

何も言えない母を見ているとを自分を見ているようで嫌になる。お鈴おばあちゃんは好きだが、こういうときは嫌いになる。

「何で権現原のおかのばあさんが出てくるんだ。関係ないだろ」

父の険しい声が続く。みどりは、いぼのことよりも最近買ったばかりのテレビのことが気になって柱時計を見上げた。そろそろテレビで『名犬ラッシー』がはじまる時間だ。

エンジのビロードのカバーがかけられたテレビの上には、電器屋でもらった小首を傾《かし》げた白黒ブチの陶器の犬が置かれている。頭金をお鈴おばあちゃんの在所で出してくれて、残りは月賦《げっぷ》だった。

「みどり、お前はどう思う、医者に行って、いぼを治したいだろう」

「そりゃ、治したい。けど痛くない？　注射とか打たない？」

注射器を思い浮かべるだけで体が震えてくる。幼い頃疫痢《えきり》にかかり、病気の百貨店といわれていたみどりは、白衣を見るだけで泣き騒いだ。

「こんな大きな注射するぞ。これから毎日学校から帰ったら、おばあちゃんといぼ取り地蔵にお参りに行こう」

お鈴おばあちゃんの白くにごった目に、いぼはよく見えないのだろう。さっき鏡で見た顔が目の裏に浮かんだ。

翌日は持ち帰り給食で、学校は半日だった。

父は消防団の旅行で熱海へ行き、母は親戚のお年忌《ねんき》で留守だった。みどりが学校から帰ると、お鈴おばあちゃんがもんぺ姿のまま風呂敷《ふろしき》包みを抱え、玄関のあがりはなに座っていた。サツマイモの蔓《つる》が新聞紙からとびだし、イボクサのような花がみどりのほうを向いて置かれ、これは包装紙に包まれていた。餅米をふかしたようなにおいが、かすかに家の中にこもっていた。どこかへ行くのだろうか。ひとりで留守番はいやだが、お鈴おばあちゃんはよそ行きの格好ではない。

「パンを食ってからでいいけいが、矢口橋をこえた先の山にあるいぼ取り地蔵にお参りにいかっかと思うけいが、みどりもいかざあ。一時間くらい歩くけいが大丈夫だな」

「権現原のおかのおばあちゃんち、近く?」

「蓬莱橋は通らんから、心配せんでもええ」

何となく気のりしないまま、みどりはお鈴おばあちゃんについていった。

堤防の向こうに牧之原台地の茶畑が緑の屏風のように連なっている。街道筋には、川風で曲がった松の並木が続いていた。

大井川の河原の土手には背の高いすすきが銀色の穂を揺らしていた。波のように揺れるたび、筵掛けの掘っ立て小屋が見え隠れして、加代ちゃんの顔が浮かんだ。

——あれは夏休みがはじまったばかりの暑い日だった。何の用事だったか忘れたが、大井川の河原にある、おとなたちがゼロ番地と呼んでいるところを通りかかった。

低い屋根の家が両側に寂しそうに並び、家はどれも古くて埃《ほこり》をかぶっていた。その中に玄関が筵の家があった。筵は縄紐でまき上げられていた。ぬか床とちがう、すえたような甘酸《あまず》っぱいにおいがする。土間があり、板の間の上に金太郎腹掛けだけでおむつをしていない、やせこけて骨のうきでた赤ちゃんが、魚の心臓のようなものと、ふやけた干し柿みたいなものをだらりとさせて寝転がっていた。

見てはいけないものを見た思いだったが、その場を動けなかった。目のつり上がった女の人がさっと立ちあがり紐に手をかけた。簡単服の裾が片方、だらしなくたれ下がっていた。バサッと音がして、赤ちゃんは見えなくなり、泣き声が筵を震わせた。

「ねえちゃん、おまちどうさん、カキ氷買ってきたよ。開けて」

その場から逃げるように路地を曲がろうとしたが、聞き覚えのある声にふりむくと加代ちゃんが両手に苺《いちご》のカキ氷を持ち、筵の家に入ろうとしていた。みどりは思わず身を隠した。見つかっただろうか。加代ちゃんは、氷に気をとられ気づかなかったようだ。彼女は足を少し引きずって歩くので、片方の肩が下がるたび、氷の山は少しずつ崩れたのだろう。

埃っぽい路地の上に赤い花が点々と咲いていた。

人の姿は見えないけれど、家々からは尖った視線が矢のようにつきささってくる。迷路のような路地を縫い、堤防の上に足早にはいあがった。

今来た道をふりかえると、トタン屋根が波のように連なって屋根の上の石ころに真夏の陽射しがあたり、水玉模様のようにきらめいていた。あそこと自分が今立っているところと、空気がまったく違うのを肌で感じ、なぜかほっと一息ついた。

なだらかな坂になっている堤防の外側の道には、「氷」と染めぬかれた旗がはためき、リヤカーを改造した屋台が見えた。横を通りすぎると、子供たちが縁《ふち》の欠けたお椀やボール、へこんだ鍋を持って並んでいた。ゴマ塩頭に手ぬぐいで、ねじり鉢巻きをしたおじさんの陽に焼けた額に、玉のような汗が光っていた。

おじさんがハンドルを回すたび、粉雪みたいな氷が盛りあがり、その上に苺、レモン、白蜜などがかけられていった。小遣いを持っていない子供たちの間で、削れなくなった薄い氷のかけらのうばい合いがはじまったっけ。——

「みどり、どうした？　もう足が痛くなったんだか」

お鈴おばあちゃんの声が上からふってきた。

「ううん。足はだいじょうぶだよう」

きっとぼんやりしていたんだろうと、みどりはわざと明るい声をはりあげた。

島田市と遠州側になる牧之原台地の間を大井川が流れ、二つの橋がかかっている。矢口橋は最近出来たばかりのコンクリート製の橋だ。蓬萊橋はおかのおばあちゃんが生まれる前からあった古い木の橋で、台風のたびに流され、通行止めになる。自転車やリヤカーも通れるが、通行料金が高い。もちろん人も通行料金を払う銭取り橋だ。

矢口橋から蓬萊橋をながめると、まるで、つまようじでできた橋の上に、籠などを背負った人が小人のように見え、それらが牧之原台地にすいこまれていくようだ。藁を積んだリヤカーを自転車の後ろにつなぎこいでいる人、木材を満載させた荷馬車、オート三輪がたまに馬糞や土埃を巻きあげながら横を通りすぎていく。

「あっ、おばあちゃん、ミゼット、ミゼット。とんまの天狗さんが宣伝している車じゃん」

「ああ、そうだなぁ」

目も向けず、お鈴おばあちゃんは気のりしない返事をした。

二人は矢口橋を渡りきったところで右に折れ、人ひとりがやっと通れる山道を登って行った。樹の先で枝分かれした葉が互いにもたれあいながら揺れていた。楽しそうに遊んでいるみたいだった。葉には仲間外れもいじめもないようだ。

小さな祠《ほこら》があった。やっと着いたと思った。

「ここで少し休んでいくか」

「ここじゃないの？」

「もう少し先だ」

角が丸くすり減った石段の上に二人は腰をかけた。お鈴おばあちゃんは、肩に斜め掛けしたアルミの大きな水筒のフタをとり、お茶を注いでみどりに飲ませた後、自分も飲んだ。こわれた石垣のあいだから、菊によく似た黄色い花が群れて咲いていた。みどりは格子の向こうのお地蔵さまに手を合わせ、一輪だけでいいからくださいとお願いした。

「おばあちゃん、この黄色い花の名前はなぁに？」

「これはツワブキだな。在所の裏の畑にも今の時期に咲いていたなぁ。茎をつくだ煮にするとうまいんだぞ。おまんのひいおばあちゃんがよくこさえてくれた。大きな鍋たっぷりの湯に炭酸を入れて、茎を柔らかくゆでるんだ。それを水にさらして筋をむくのを手伝った。爪があくで焦げ茶色になって、洗ってもとれずにいつまでも爪の間にはさまっていてのう」

「すごくしょっぱい、お醤油のかたまりみたいなつくだにのこと？　この花も食べられるの？」

「花は食えん。茎を食べるのは新茶をつむころで、茎がみるい時期のものだよ」

駿河湾に注ぐ大井川河口の漁村から島田のおじいちゃんのところにお嫁に来たお鈴おばあちゃんの在所は、明治の終わりごろまでお酒を造っていたという。

「おばあちゃんがな、ちっちゃいじぶん、今のおまんくらいだったかな。腐造を出し、お酒がさっぱり売れなくなって蔵を閉じたんだ」

「ふぞうって、なに？」

「お酒がねぐさって、売り物にならなくなることだ。蔵は十一月の末ころから、毎年、米をうむす湯気がもうもうと上がり、女は蔵に入れなかったが、そのにおいは母屋まで漂ってきてなぁ」

うっとりと昔を懐かしむその横顔からは、皺も白髪も消えていた。

「乳母《おんば》日傘《ひがさ》が田んぼのあぜに放りだされた」

「おんばひがさ？　それなに？」

おばあちゃんは寂しそうに笑ってその問いには答えてくれなかった。

「さあ、あとひと踏ん張りだ。がんばろうな」

登りきったところは見晴らしがよく、藁ぶき屋根の家々がまだらに立つ中で、大井川が蛇のようにうねうねと流れているのが見えた。空気はぴりっと澄みわたっていて、向こう側に見える山々はどこまでも青かった。

「お魚の鱗《うろこ》みたいな雲が、お空に広がっているよ。おばあちゃん」

「いわし雲じゃな。いまじぶん、在所の浜ではいわしがあがっているかもなぁ」

「どうして？」

「あの雲が出ると、いわしのとれる前触れと、昔から言っちょる」

「ふーんそうなんだ。でもおばあちゃん、お魚どうして嫌いなの？」

「ちっさいじぶん、飽《あ》くほど食膳《しょくぜん》に出されていたからな。生臭くないまぐろの赤身だけは何とか食えるんじゃが、値がはるでなぁ」

夕べのいわしの煮つけはおいしかったのに、おばあちゃんはおこうことおみおつけと梅干だけだった。

また山を下り、暗い林の中を二人はだまって歩いた。どこからか鳥の声が聞こえてくる。山肌から湧きでた水が糸のように筋をつくり、あちこちから沢に流れこんでいた。汗が頬を伝い首筋に落ちていった。風が吹くたびひんやりする。汗が目に入りそうになったので、お鈴おばあちゃんの腰に下がっている手ぬぐいでふいた。椿油と汗のにおいがした。

ツワブキの咲いていた祠より一回り大きいお堂が見えた。
敷居をまたいで薄暗いお堂に入った。中は湿気ったにおいがこもっていた。格子戸には
お札《ふだ》のようなものがべたべた貼られ、その向こうにはお地蔵さまが立っているようだった。
お鈴おばあちゃんは風呂敷包みを開けて、ろうそく、お線香、お餅を、新聞紙の中から
芋の蔓、イボクサを出して、お盆のような大きな石の上に置いた。倒れていたろうそく立
てをなおし、マッチで火をつけた。一瞬、ぼっと明るくなり、お地蔵さまのお顔が目にと
びこんだ。それは目鼻がぼやけていて、ちょうどみどりのいぼのように顔中がぶつぶつし
ていた。こんなのにお参りして治るのだろうか。
「お鈴さんとみどりじゃないか。おまんちもお参りか」
後ろから声がしてふり向くと、おかのおばあちゃんが、赤い小菊を持ってお堂の入り口
に立っていた。
「おかのさんじゃ、ないかの」
みどりは、はらはらしながら二人を交互に見やった。
おばあちゃんたちは、互いに陰で「おかめ」「おぐず」とけなしあっている。どうして
仲が悪いのかわからないが、誰かが「あの二人は黒と白で、水と油だからとか」と言って

いるのを聞いたことがある。

曾《そう》祖父母の金婚式という、茶色になった記念写真を思いだした。お宮参りの晴れ着のみどりが亡くなった祖父に抱かれている。みどりの目はいくぶん下向きで、いやいやしているように見える。全員カメラをしっかり見ているのに、四列目の一番後ろの右端に立つ母の視線は斜め下のみどりに向けられている。

祖父の隣には曾祖父が杖をもち中央に陣取っている。その真後ろに曾祖父の長女であるおかのおばあちゃんがいて、前は向いているものの、目と心は孫を見つめている。みどりを抱いているのは父方の祖父で、曾祖父の末の弟である。こんがらがってよくわからないが、ようは親戚らしい。

初孫の晴れ着をどちらが仕立てるか、ひと悶着《もんちゃく》あったらしい。手先の器用なおかのおばあちゃんに軍配があがったのだが、そのこともあってお鈴おばあちゃんがへそを曲げ、金婚式にも行かなかったらしい。

「老人会の会合が、この先の集会所であっての。とーりばなだで、ちょっくら寄ってみた」

おかのおばあちゃんは村の老人会の会長をしていて、親戚の間でも在所の総領《そうりょう》や男衆《おとこしゅう》にさまざまなことを指図していた。

みどりは、通り端なのに、おかのおばあちゃんがお花を持っているのは変だなと思った。

「そうかの。相変わらず、まめったいのう」

お鈴おばあちゃんは、みどりを抱き寄せながら、突き放すような冷たい口調で言い放った。それなのにおかのおばあちゃんは、いつもと違う柔らかなもの言いだった。

「ここのいぼ取り地蔵さまは、霊験《れいげん》あらたかで一等《いっとう》ええだっちょうのう。この土地の人間でもないのに、お鈴さんも知ってただかやいや」

「このお地蔵さまにお参りすれば、たいがいのいぼは治るというこんは、在所あたりでも耳にしていたけいが」

「みどり、外へ出てみろ、お堂の中ではこぐらぼったくて、よく見えん」

おかのおばあちゃんはみどりを手招きした。木陰とはいえ、暗いところから斜めに射し込むお日さまの光を浴び、みどりは目の前が真っ暗になった。が、すぐに目がなれて、おかのおばあちゃんを見ると、うろたえたように目をそらした。そんな顔をはじめて見た。

みどりの心に木枯らしのような風が吹き抜けた。

「珠恵に聞いちょったが、こんなに悪くなっていようとは、知らなんだ」

「おかのさんや、珠恵っちは医者に連れていけって言うが、あちしはみどりに痛い思いをさせたくない。娘のじぶん、あちしもいぼができたけいがお参りして治った。みどりは色が白い可愛い子だ、なのにこんなになって……。おかのさん、あちしのせいだか、罰があたっただかやぁ。水子が祟《たた》っただかいやぁ。あちしの信心が足りんだかやぁ」

お鈴おばあちゃんはお堂から這いずるように出てくると、おかのおばあちゃんにとりすがって泣きだした。

おかのおばあちゃんは一瞬、顔をしかめたが、

「なんの。なんの。お鈴さんのせいであるもんか。あちしだっていぼはできたことがある。罰なんてあたるものか。今日は三人でお参りしよう。あちしん家からのほうがここのいぼ取り地蔵さまは近いし、これからあちしが毎日お参りに来る」

と、お鈴おばあちゃんの肩を優しく抱きよせた。

「おかのさん、あんとうな。頼むんなー。あちしもお参りにくるさえー」

「それにしてもイボクサをよく見つけたもんだな。これは効くぞ。あちしんち、田んぼのあぜに前には生えてただけいがなぁ。みどりの顔にいぼができて困っちょると、珠恵から聞いちょって探しただけいが、ここんとこ見かけんかった」

村一番の物知りのおかのおばあちゃんがそう言うのだから、この草はいぼに効くのだろう。雪枝ちゃんが教えてくれなければ、イボクサを家に持っていかなかった。草でたたかれたことや、落とし穴のこと、仲間はずれなど、なんど泣かされたことか。でもいまは何

となく雪枝ちゃんの哀しみが伝わり、許せるような気がする。そう思うと、みどりは心がほっこりとしてきた。

「みどりが友だちんち地所で、たまたま見つけただ。それを今朝がた、つんできた。芋の蔓もその足で畑からほってきたじゃよ」

「お地蔵さまのご慈悲じゃろうよ」

「ありがたい」

「ありがたい」

二人は顔を見合わせてうなずきあっていた。

お鈴おばあちゃんが、お線香入れの固まった灰を落ちていた小枝でかき回したり、周りを綺麗にしている間、おかのおばあちゃんは縁の欠けた花立てをもって沢に降りていった。みどりもツワブキの花を手にしたまま、後を追った。おかのおばあちゃんはさらさらと流れている沢の水を汲み、小菊とみどりの持つツワブキの花を挿し、お堂に戻った。

三人はそれぞれお線香を立て、手を合わせた。足が痺れてきたみどりは横目でちらちら見たが、二人のおばあちゃんはまだお祈りをしている。

お鈴おばあちゃんが芋の蔓を手で折った。まっ白い汁が出た。それをみどりの顔のいぼにつけた。冷たく粘り気のある汁だった。気持ちが悪いとも、嫌だとも思わなかった。

おかのおばあちゃんが、イボクサの葉を右手の掌に何枚か載せてからぎゅっと絞り、左手を器のようにつぼめて受けた。その中に黒みがかった濃い緑色の汁がたまった。草団子のようになった葉をお地蔵さまに供え、おまじないのようなことを唱えながら、いぼの上に葉の汁を薬でも塗るように、指先でていねいにつけた。

二人のおばあちゃんの心が嬉しかった。これで治ると思った。あの嫌いな病院に行かずにすむのだ。

ろうそくの灯が揺れるたび、お地蔵さまの赤い帽子とよだれ掛けも揺れ、小菊とツワブキの花がお堂の中をほの明るくした。

金木犀

電話音が耳を襲う。俺は耳を両手でふさぎ、掛け布団に潜った。いっこうに鳴りやまない電話の呼び出しに枕を投げると、あきらめたかのように音はやんだ。

破れたカーテンの間から一筋の光が漏れ、畳の上に転がったウイスキーの瓶に乱反射している。何時だろうかと目覚まし時計を見ると、四時をわずかに過ぎていた。昼間寝て夜起きだす生活をするようになり、苦悶《くもん》が頭に上ってくると、髪の毛を掻きむしっていた。

俺は三十歳、武蔵野の面影を残す吉祥寺のアパートに引っ越したのは三年前だった。大人ふたりが並んで立てば肩が触れ合う玄関に、二畳ほどの板の間の左側は流し台とミニコンロ、冷蔵庫、姿見が並び、右側は風呂場だ。その壁にはロードバイクが立てかけてある。六畳の部屋にベッドと小さな丸いテーブルがあり、整理ダンスの上の電話台には先ほどまでけたたましく呼び立てていた固定電話が枕をのせたまま静かに鎮座している。

うなぎの寝床のような造りだが、吉祥寺の駅を降りてしばらく歩くと、季節ごとに表情を変える井の頭公園の樹木が生い茂り、池にはスワンが浮かび、公園を抜けると商店街がある。駅から徒歩二十分と交通の便はまずまずだった。家庭菜園ができるほどの小さな裏庭があり、フェンスの向こうには広大な畑、土の匂いと、むせるような金木犀の薫りに心を奪われここに決めた。

ベッドから手を伸ばしカーテンをわずかに開けると、光の粒子がうす暗い部屋になだれ込んだ。金色のそれはまるで金木犀の花びらがゆらゆらと漂っているようだ。今年は薫りにも気づかなかった。西日は目に眩しく、そしてもの哀しい。黒い染みが目立つ壁の日めくり暦をぼんやりとながめる。

大学生になって自活するようになってから、毎年日めくり暦を購入していた。そして、一日の始まりは、儀式のように暦をめくるのが習慣になっていた。暦は平成十年、九月十五日のまま時が止まっていた。この日から何日たっただろうか。考えるのも億劫《おっくう》になり、カーテンを閉め、掛け布団を頭からかぶる。

つるべ落としの闇が降りてきたのか、部屋の中はより暗くなった。空腹を覚え冷蔵庫を開けると歯型の残った干からびたチーズが転がっているだけだった。コンビニにでも行くかと、パジャマの上にジャージを羽織り財布をつかみ、片手で枕をベッドに放りなげると、留守電の赤いランプが顔を出した。チッと舌打ちして玄関に向かう。見慣れない薄汚い男が姿見の向こうに立っていた。目を凝《こ》らしてみれば、なんのことはない自分だ。トライアスロンで鍛えた体は筋肉を落とし、顔もむくんでいる。

表通りまで出ると、神社の秋祭りでもあるのだろうか、提灯《ちょうちん》の列が淡い光を揺らしていた。喚声が渦巻いているような境内をはるか向こうにながめながら、背をまるめ闇にまぎれて裏道を歩く。狐のお面を頭に載せた子供たちが俺を避けるように通り過ぎていく。幼い頃の祭りの光景を脳裏に浮かべたものの、大きくかぶりを振った。


アパートに戻ると、暗闇の中で留守電の赤いランプが点滅していた。缶ビールを開け、いなり寿司《ずし》を口にいれたが、妙に電話が気になり、クッションをかぶせると、手がすべり再生ボタンを押してしまった。

『拓也、どうかしたの？　なんど電話しても出ないし、携帯も通じない。とにかく電話だけちょうだい』

故郷の島田にいる母の声が部屋に響き、その声を聞いたとき、何とも言いがたい感情が湧きあがってきた。心弱く感傷的になっていたのかもしれない。

「自分にはこの人しかいないのだ」

そうつぶやいた。心の隅で待っていたのかもしれない。

俺は受話器をつかんだ。

――拓也、拓也なのね？

母の声はどこかせっぱつまった思いと嬉しさに溢れていた。

――何か言ってよ。元気なのね。

「やっと通じたか、仕方のない奴だな」という声がし、とっさに切ろうとした。

――男だろ、逃げるな！

気配を感じ取った父の怒声に、俺の手は凍った。

――拓也、お前の勤める会社から父さんに電話があった。お前が保険証と会社所有の携帯電話を送り返したきり連絡がとれないと。ミスをして始末書を書かされたそうだが、たいしたことではないじゃないか。人間誰も失敗する。そんな些細《ささい》なことで会社を無断欠勤するんじゃない。

俺なりに屈辱に耐えながら、虚偽のことばの繭《まゆ》で自分を覆い隠し会社にしがみついていた。この男に何がわかる。電話を切りたいが、それができない。

――とにかく会社に連絡しろ。話はそれからだ。ミスしたとき、なぜ、上司に相談しなかったのだ。

――信頼していた上司がリストラで辞めさせられた。同じ大学だったし、何でも相談にのってくれた人だった。

――だったらなんで父さんたちに相談しなかったんだ。そんなに頼りない父親なのか。おい、聞いているか？

――聞いているよ。

――会社に休暇届を出して一度、こっちへ帰ってこい。母さんとかわるぞ。

――お父さんの言う通りよ。帰ってらっしゃい。ん、何、なんて言った？　もっと大きな声で言ってよ。そんな小さな声じゃ聞こえない。お母さんはもともと難聴だし、口もとが見えない電話は苦手なの知っているでしょ。

――帰らない。

――だったらこっちから東京に行くわ。そのほうがいいでしょ？

黒いコードの向こうから、故郷の風と共に二人の言い争いが伝わってくる。

――会社に連絡してから帰ってこい。社会人としての義務を果たしてな。わかったな。

前にもこんなことがあったなと、天井の斑《まだら》模様の染みをながめながら思う。ようするに進歩がないということだ。

大学卒業をひかえた頃、就職活動をする気力も自信もなくて、教授推薦で大学院に進学した。俺の力をかってくれていた教授に研究をことごとく罵倒《ばとう》され、初めての挫折感を味わった。研究室に行かねばと思っても起きあがれない。かろうじて起きても足がふらつく。甘えと人は言う。が、甘えではない。

霧の中を彷徨《さまよ》っているような毎日に嫌気がさして、大学院を中退しようと、美術学校に願書を出したが母に反対され、研究室に戻った。もう自分の居場所はなかったが、捨てる神あれば拾う神ありで、ある教授が俺の才能を見込んでくれ、いや哀れんでくれたのだろうが、二年契約で都立K工業高校の非常勤講師の職に推薦してくれた。生徒たちは可愛く、講師の仕事は悪くなかったが、人と接することの不得手な俺の生涯の職には向いていないと思っていた。

契約が切れるのを待って、講師とアルバイトで貯めた金で、スペインとポルトガルへ放浪の旅に出た。木賃宿《きちんやど》のようなホテルで聴いたファドという民謡は哀しい調べだった。

その日暮らしの貧民窟《ひんみんくつ》では子供たちの屈託のない笑顔に癒され、そんな街でも自死を決して許さない宗教感に俺はたじろぎ、自己嫌悪に陥った。自分の都合の悪い現実を、他力に頼ってなんとかしてくれと駄々をこねてきたのだ。金が底をついたこともあったが、故郷を懐かしく感じ、もう一度生き直そうという意欲がわいた。俺は死ぬ場所を探すために、外国まで逃げてきたのだ。

帰国後、板橋のアパートに移り、アート関係の出版社に就職した。大学のつてもあって仕事は順調だったが、会社はバブルがはじけ、倒産した。その後、保育士などをして食いつなぎ、大手の広告代理店の契約社員となり、三年前、やっと正社員になれた。

俺はなまぬるくなった缶ビールをあおり、片手でひねり潰した。

俺はいったいどこにいるのだろうか。雲の切れ間からは、大蛇がのたうっているような大河が見渡せた。大井川だろうか？

故郷の大井川は幅一キロほどの大河である。屏風を広げたような台地は闇に包まれ、蛍《ほたる》が点滅しているような灯りが、ぽつん、ぽつんと浮かび上がっていた。

——蓬莱橋に灯りをつけてくれてから、足元が明るくなってわしらも歩きやすくなって楽になったなぁ。

——そうだいねぇ。そいだけん、拓也はどうしちゃっただね。相変わらず東京へ行ったきりもどってこないだかやぁ。

手拭いを姉《あね》さん被りにした曽祖母と祖母が二人、木橋を揺らして歩いている。

——そうなの、おばあちゃんとお母ちゃん、そいで困っているだよ。帰ってこいって言っても言《ゆ》うことをきかないの。

いつの間にか二人の後ろに、おかっぱ頭に狐のお面を載せた女の子がいて、黄色い小花のついた枝を振りつつ、曽祖母のもんぺを引っぱっている。

——わかっているよ。この背負子《しょいこ》の中に拓也を入れてくるで、心配すんな。

——お母ちゃんの背負子には、食べもんがらっかい入っているで。

祖母が答えている。ということは、この女の子は母の幼い姿なのか。

――正和と違って、おとなしくていつも泣いてばかりいたな、拓也は。

――幼稚園も嫌がって、友だちと遊ぶこともせんで、ひとりぽつんとしていたしな。都会には魔物が棲《す》んでいることだっちょうし、食われんといいがのう。

――だからあたし、心配で、心配で。

女の子が言っている。

――俺はここにいるよ。

叫ぼうとしても声が出ず、体も何かに縛りつけられたように身動きができない。

――たくや、たくや。

母の声が闇の中で大きくなったり、小さくなったりしていた。

夢か。

「拓也、いるの？」

夢の続きだろうか。どこかで母が呼んでいる。

玄関のドアの振動が、狭い部屋の空気を揺らしている。

「拓也、開けろ！」

父だ、どんな顔をして会えるだろうか。このまま居留守を使うか、裏から逃げるか。だが、着替えをする気力もなく呆然と突っ立っていた。

「留守みたい、裏まわってみる？　それか大家さんとこで鍵借りてくる？」

俺は弾かれたようにドアに近づいた。

「大家さんの家、知っているのか。それより裏にまわってみよう」

だめだ、裏にはフェンスが張ってあってまわり込めない、との父の苛立たしげな声がした。

「暗くなってきたわ、どうしよう。ただでさえ地理不案内なのに」

「仕方ないだろ。拓也が帰ってくるまで車の中で一夜明かすだけだ。毛布もシュラフも積み込んである」

父の靴音がドアの向こうで止まり、母の息づかいが俺の心に届いたとき、裸足《はだし》のまま土間に下り、ロックを開けていた。俺を見た母の眼に嬉しさが込み上げるのが見えた。

「いたの、いてくれたの」

駐車場に戻ろうとしていた父が振り向いた。頬がこけ、別人のようで俺は思わず目をそらした。

「この間の電話での約束はどうなった」

俺を押しのけ上がりこんだ父は、部屋の隅に仁王立《におうだ》ちして叫んだ。

「何とか言え」

「殴られると思った」

「殴ったってしょうがないだろ。殴ったら気をいれかえるかっ。何回同じことを繰り返すんだっ。いい加減にしろっ」

父と俺の間で衝立《ついたて》のように突っ立っていた母は、

「こんなに散らかっちゃって、きれい好きな拓也らしくないじゃん」

と、安堵《あんど》の息をそっと漏らすと、エプロンを取りだし、台所に向かおうとした。

「ばかやろう。そんなことしている場合か。今日は拓也と話し合うつもりで来たのだろう」

母は小さくごめんなさいとつぶやきつつエプロンをしまったが、ベッドの周りに散らばった洗濯物を遠慮がちにたたみはじめた。

「会社の人におおよそのことは聞いた。お前の言い分もあるだろう。あれから家にも連絡が入った。まだ、連絡してないようだな。今すぐ電話しろ」

「それよりお腹すいたら。おむすび握ってきたから食べない。お茶もあるわよ」

「いらない」

「その前に電話しろ、今すぐ父さんの前で」

父は語気を弱め、電話を差しだした。

「私たちがいては電話かけにくいよね。あなた、どこか喫茶店でも行って時間潰さない？拓也の顔見たら安心しておいしいコーヒーでも飲みたくなった。その間にかけたら」

母は父の腕をつかみ、俺に目くばせして、部屋から出ていった。

俺は電話の前に立った。今までも二、三回ほど受話器を持った、だが怖かったのだ。引き留められるのではないかとの淡い期待と、それを無残に打ち砕かれるその現実に。やはりというか、いともあっさりと受理され、退職願の提出を告げられた。自分はいったい、これまで何をしてきたのだろう。


一時間ほどして父母は戻ってきた。

「かけたか？」

「言《ゆ》うこと聞いたよね。かけたよね」

ふと、その声がさっき夢の中での女の子の声のような錯覚を起こし、うなずいていた。

「よし、それでよし」

父の声は震えていた。それが矢のように俺の心に突き刺さった。

「お母さんがな、毎晩、拓也が夢にでてきて吉祥寺に行くってきかないから、急遽《きゅうきょ》休暇をもらった」

俺は床に目を落としていたが、母の顔を見て、自分の夢のことを話そうとした。しかし口から出た言葉は、

「ありがと」

だけだった。

仕事人間の父だった。世間体を気にする父のことだ、俺が自暴自棄になり何かしでかすのではと思い、母を一人東京に向かわせるより、自分が説得しようと考えたのだろう。

「これからどうするつもりだ」

「こっちで仕事をさがす」

「手続きを踏んでからしなくちゃならないだろ。それでどういう行動を起こした」

俺は、目を泳がせた。

「一度、島田の家へ帰って気分転換しろ。そのつもりで車で来た」

「帰れるわけない」

「どうしてなの?」

母が横から口を挟んだ。

「兄貴たちが結婚したばかりで同居中だろ。そんな中、入っていけるわけない」

「それはない。正和たちもお前のこと心配してくれている」

「そうよ。部屋だってあいているし、しばらくのんびりしたら」

母は勢いづいて言葉をつないだ。

「最近、ロードバイクも乗っていないだろ。大井川の河川敷に設備の整ったマラソンコースができて、サイクリングもできるぞ。山道を走るのもいいし、もしここに戻りたかったら戻ればいい」

ベッドに座り頭を掻きむしっていた俺に、父がロードバイクに積もった埃を指先で拭い、それを俺の目の前に持ってきたのと、母があっとつぶやいたのが同時だった。

「こんな所に十円玉くらいのハゲが……」

「ここばかり掻きむしっていたからさ」

「かわいそうに……」

「何がかわいそうだ、拓也はすべてに逃げているから。父さんは、小学生の頃、親父が急死して、兄貴に高校へ進学させてもらった。大学にも行きたかったが、それ以上は我慢するしかなかった。学歴のないつらさは口には出せぬものだった。拓也が教授推薦で大学院に受かったとき、父さんうれしかったぞ」

「俺はダメな人間なんだ。何もかも中途半端で終わっている」

高校、大学、大学院さえも推薦で受験地獄は味わわなかった。楽なほうへ、楽なほうへと、いつも逃げてきていた。

「その通りだ」

「何がダメなのよ。よい頭と目、そして聞こえる耳を持っているじゃない」

「頭だけじゃ世間は渡れん」

「大勢の人の前で大恥をかいたんだ」

「人はお前が思うほどジロジロ見ているわけではない。誰にでも失敗はある。そこを責められていると思わなくていい。父さんだって来年は定年だが、その間、会社に損害を与えたこともあるし、なんど失敗したか。だが、拓也のように逃げはしなかったぞ」

「怖いんだ、人と接するのが……。電話も……」

父母の視線が俺の頭上で交差していた。

「事後処理もかかるだろう。だがな、遅くとも暮れには帰ってこい。わかったな」

父は俺の言葉に一瞬たじろいだようで、命令口調だったものの、和らぎも含んでいた。

父と母が島田に戻った後、母から毎日のように帰郷を促す電話がかかってきたが、ずっと反故《ほご》にしてきた。

年が明け平成十一年になり、正月は吉祥寺のアパートで迎えた。折れていた俺の心棒は、薄紙をはぐように元に戻ろうとしていた。新年の日めくり暦を壁に貼る。祖父の命日の小正月には帰ろうと、一月十五日に赤いマジックで『帰郷』と書いた。

揃いの帷子《かたびら》をひらひらさせながら、手をそらせ、肘を曲げた七人の踊子が藁草履《わらぞうり》の裏を見せて宝船の前で踊っている。幟《のぼり》を持つ者、鼓《つづみ》を打つ者がその周りを蹴鞠《けまり》のように舞っている。それらの声が冬枯れの空に消えてはまた寄せ返している。まだ木目も鮮やかな宝船の甲板《かんぱん》には、七福神の衣装をまとった男と女が神妙な顔で前方を見据えていた。宝と染め抜かれた帆には白い冬の陽が散っていた。

平べったい屏風を広げたような牧之原台地、水の枯れた大井川が河原の間を細々と流れている。コンクリートで固められた川筋に沿って、ガードレールに縁取られた灰色の道が続いている。堤防わきの道路から蓬莱橋にかけて、リュックを背負った人が数珠つなぎになっていた。

俺は自転車を土手に寝かせ、列につながった。橋番小屋で通行料を払い、板目の揃った橋板に目を落とし歩を進める。小正月というのに、風もないうららかな日だったが、川風はさすがに身を切る寒さだった。それが火照《ほて》った頬を心地よく撫でていく。どの景色もしっかりと目に焼きついている、なのに目の前に繰りだされる風景はどこか違って見える。

橋の両脇の柳のざわめきが大きくなり、水と枯草の混じった乾いた風が吹き抜けていった。

俺は故郷に戻ってきたという実感がわいた。橋の真ん中あたりで立ち止まり、目を東に向けると、雪化粧した富士山が雲とたわむれていた。ヘルメットを目深《まぶか》に被りなおし、土手に寝かした自転車に跨《また》がり家をめざした。

家は二年前、兄の結婚を機に、築六十年の古い家屋を三階建ての二世帯住宅にした。家を壊すのはしかたないと思ったが、庭には思いいれがあった。季節ごとに顔を変える庭木や草花があり、ひょうたんの形をした池には石塔が影を落とし、鯉《こい》は毎年産卵した。何万の卵が孵化《ふか》し、メダカくらいの稚鯉が成長するのはわずか数匹だった。緋鯉やドイツ鯉なども孕《はら》んでいたが、育つのは真鯉のみだった。

俺が生まれた記念にと、祖父が植えた金木犀は毎年、芳《かん》しい薫《ば》りを道行く人にまとわりつかせていた。朝、窓を開けるといきなり飛び込んでくる甘い薫り、オレンジ色の花びらと濃い緑色の葉のコントラスト。開花時はわずか三日から四日の短い命、咲いてすぐ雨で花を落として、オレンジ色のじゅうたんが庭をおおう。桜をめでることと同じ『咲いてよし、散ってよし』の金木犀。それを切ると聞かされ、身を切られる思いがした。

玄関脇の客部屋が俺の部屋として用意されていた。ホテルの一室のような空間だった。先ほど見た大井川の風景と同じでどこか違って見える。

「どうして新幹線で来なかったの。お昼も用意して待っていたのに」

前日、母に今日帰宅することを連絡していたのだ。正月に帰宅しなかったことを問いつめられるかと構えていたが、母はそのことにはふれなかった。

「電車代とロードバイクの送り賃がもったいないからね」

母は苦笑していた。

「やっぱり、拓也はおじいちゃんっ子だね。命日に帰ってきて」

「そうじゃないさ。やっと吉祥寺でのもろもろの用事が片付いたからさ」

「お風呂沸いてるけど入ったら」

「いいのかい。先に入って」

「お父さんも正和たちも帰りが遅いし。とにかくさっぱりしなさい」

浴室の鏡には、ざんばら髪に無精《ぶしょう》ひげ、目は空洞で生気さえ失《う》せている痩せこけた男が立っていた。俺は鏡にシャワーをかけたあと、体が冷えるのも忘れ、頭上から水の嵐を浴びた。

昼食もとっていないという俺に、母は少し早いけれどと、夕食の支度をはじめていた。炊き込み御飯と炒り豆腐、鰹《かつお》のタタキ、桜海老の刺身もついていた。味噌汁も桜海老だった。俺の大好物のオンパレードだ。

「桜海老、今ごろ獲《と》れるのか？」

「あるわけないじゃん、それ去年の秋漁の冷凍物だよ。拓也が帰ってくると思って、由比から取り寄せておいたの」

父の実家は桜海老問屋だった。道楽三昧《ざんまい》を繰り返した祖父の急死などで、一時傾いた家業だったが、おりからの桜海老のブームと、父より一回り年上の長兄の才覚で、市内では指折りの問屋となっていた。その甘味が懐かしく、また寂しさをも感じた。

ビールがいいわね、と言いながら母がグラスを二つ用意した。

「吉祥寺からここまで何キロくらいあるの？」

「二百キロかな」

「お尻痛くないの？」

「痛いさ。それ専用のサイクリングパンツがあって、尻にスポンジみたいのが当ててあるし、軟膏《なんこう》もある」

「よく戻る気になってくれたわね。東京で頑張ったもんね」

「頑張れないから帰ってきたんじゃないか」

母は俺のグラスにビールを注いだ後、自分のグラスも満たしたが、それを口にするでもなくながめていた。俺もその中身をじっと見つめつづけた。水の表面で乱舞する光の粒が、さまざまな思いを蘇らせる。俺はそれらを振り払うように、泡ごと一気に飲み干し、母の前に空のグラスを差しだした。

「蓬莱橋のたもとに宝船があって七福神がいたよ。いつ頃からやりはじめた？」

「二、三年くらい前かなぁ。始めは新春七草粥《ななくさがゆ》開運ウォーキングだけだったけれど、結構人気が出て、市と観光協会で主催しているらしいよ」

蓬莱橋を渡った先に権現原があり、そこには母方の祖母の実家があって現在は空き家となっていたが、権現原全体が親戚のようなものだ。そこには母の幼い記憶がつまっていることを俺は知っていた。案の定、母の顔が緩み、泡の抜けたビールを口に運んだ。

「ギネスブックにも載ったらしいな」

「そうよ、何てったって世界一長い木の橋だもの」

「橋は相変わらずだったなぁ」

「渡ったの？」

「うん、ちょっと。途中までだけれど。権現原まで行くと誰かと会いそうで嫌だから」

「何で嫌なの？」

「人と会いたくないし、話もしたくないからさ。だから吉祥寺を朝五時前に出てきた」

「じゃあ、お母さんは人じゃないってこと。そんなに早く出て寒くなかったの」

母の顔が翳《かげ》ったのを俺は見逃さなかった。

「走っていれば寒さなんか平気さ」

「まあ、それよりお願いがあるの。正和はともかく、弥生《やよい》は気立てのよい嫁だし、拓也より年下だけれど兄嫁だからその気配りだけはしてね。それと、ここは都会と違って、朝早いから夜型の生活はなおすこと」

糊《のり》のきいたシーツ、ふんわりとした布団に包まれながら、疲れがあちこちの関節にきているのがわかった。このままここに居座るか、また都会に戻るか。どっちみち自分の存在自体が消えているんだ。自分はいったいどこへ行こうとしているのだろうか。


故郷の朝は早い。夜も明けきらぬうちに父が出社し、その後を兄夫婦がそれぞれの車で職場に行く。布団の中はぬくぬくしているが、心は凍りつく。ひとり暮らしなら酒でも飲んで温まって寝るのだが……。

寝るほど楽がなにあらず、九十九歳まで生きた権現原の曽祖母の口癖がふと頭に閃《ひらめ》いた。そうさ、寝るほど楽なものはない。

早いときで十時、遅いときで正午過ぎまで寝て、午後は自転車に乗る。華やかなサイクリングウェアに身を包むと心が引き締まる。激しく規則的な息づかい、心臓の鼓動を聞いていると全てを忘れ、全身の毒を洗い流してくれる。

赤石山脈のアップダウンの山道、大井川の河川敷。懐かしさにかられていたが、どこかに苦しみを求めるような自虐の快感に浸っていたのかもしれない。

俺が吉祥寺で自転車通勤を始めたのは都会のマンネリ生活から脱却したいからだった。都心の渋滞の隙間をぬっているうちに、その醍醐味《だいごみ》に魅せられていった。初めて参加した渡良瀬トライアスロン。千二百キロのブルベという長距離の自転車競技。完走できたときの充実感。長距離のロードバイクを漕いでいると人生が動いているようだった。トライアスロンは敗者のスポーツと聞いたのはいつだったか、確かにそうかもしれない。

雨の土曜日、兄は研修、兄嫁は休日出勤でともに出はらっていた。部屋のドアを開けっぱなしにし、フローリングにシートを敷き、その上にロードバイクを持ってきて修理していた。スパナ、ネジ回し、ワイヤー、ブラシ、油がシートの上に転がっていた。俺のすることに対して誰も良いと思ってくれないという思い込みが心の中に巣くっていた。このままではいけない、働かなくてはいけないと思っているのだけれど、それを一歩踏み出すことができない。働く以前の問題で立ちすくむ人間、それが俺なのだ。

「体を鍛えるのもいいけれど、そろそろハローワークに行ったらどうだ」

法事にでも行くのだろうか、黒服姿の父が、部屋を見渡しながら言った。

「その前に住民票をこっちに移すことね。それから床屋《とこや》にも行ってきなさい」

階段をあわてておりてきたのか、パールのネックレスの留め金を直しながら、母は命令口調で言うと玄関に走った。そのうち車を発進する音が聞こえた。

故郷に戻り、一ヶ月がたっていた。

その日の夕方、

「久し振りに二人で飲もうや。リビングよりここがいいな。取引先の酒造所で初搾《はつしぼ》りの酒をもらったんだ。黒はんべで一杯やろう」

物置にあった中古のノートパソコンでインターネットに興じていると、研修を終えた兄が一升瓶《いっしょうびん》とスーパーの袋を俺の前に置いた。東京で驚いたことは、はんぺんがまっ白だったことだ。コンビニのおでん鍋にぷかぷか浮いたそれは歯ごたえもなく、鰯《いわし》を丸ごと食べているような黒はんべが懐かしかった。「着替えしてくるから、グラス用意しとけ」と、兄は言いおき三階に行った。

「さすが社長が薦《すす》めるだけあってうまいな」

大学に入学したときは、金融機関が相次いで倒産し、卒業時の就職率は〇・四八。過去最低を記録していた。就職率が一を上回ったことのない、超氷河期に俺たちは運悪く遭遇した。熾烈《しれつ》な就職活動に勝ち抜いた兄は、地方銀行に勤めている。あぐらをかきながら喉を鳴らす兄が俺にはまぶしく感じられた。

「兄貴と弥生さんに迷惑かけてごめん」

俺は兄夫婦と時間帯が違うのをいいことに、顔を合わせることを避けていたのだ。

「迷惑。なにを？　弥生だってきょうだいに揉まれて育ったから気にしていないと思うよ」

「弥生さんは？」

「支店長と上司に誘われたってさ、その後、実家に泊まるとメールが入った」

職場結婚だった兄嫁の実家は海辺の町で、その町の支店に配属されている。

「オレだって突っ張っていたとき、拓也に迷惑かけたからおあいこさ」

高校のとき、いやいやながら生徒会の役員を押しつけられていた俺は、たびたび職員室で教師に叱責《しっせき》されている兄を見かけていた。俺はただ勉強さえしていれば母が喜ぶし、なにより自分が楽だったからそうしただけだった。兄は一浪後、やっと大学に入り、その翌年、俺は推薦入学の道を選んだ。あの時期だけ兄に対して優越感を味わった。物心つく頃から、俺はいつも兄の後を追いかけていた。そうすれば間違いなかったからだ。兄は俺の目標だったのだ。

「オレもな、本当は大学院へ行きたかったんだぜ。親しい友だちはほとんど進学だった。

でもお前のほうが優秀だったし、二人とも進学じゃ父さんも母さんも大変だろうとあきらめたんだ」

俺ははっとして兄の顔を見た。確かに母が漏らしたことがある。お兄ちゃんの大学の成績はAとEが逆かしらと。辛うじて進学校に入った兄の高校の成績は目を覆うほどだったらしい。予備校で揉まれたのか、友人に恵まれたのか、もともと俺より頭のよかった兄は、中、高時代の不勉強を大学で取りかえしたのだろう。

黙りこくった俺に、兄は話を続けた。

「会計士か税理士になって事務所を開くのが夢だった。銀行なら同じように銭関係でそっちに進路変更をして、長男だから島田に戻ってきたわけだ。まっ、ここで弥生と一緒になったんだし。お前結婚は？」

結婚は自分の人生からほかしていた。その資格などないと思っていた。

「相手がいないよ」

「大学のとき、つきあっていたのはどうした。マフラーを編んでもらった」

「とっくに別れた。というより振られたのかな。自分と一緒にいても誰も楽しくないし、気の利いたことも言えない。俺はダメな人間さ」

「何でそんなに自分を卑下《ひげ》するんだ。自己否定するんだ。まず、それから直せ。父さんも言ったと思うが、なぜこうなる前にオレたちに相談しなかったのだ」

相談か、相談する人がいればまた違った道があったかもしれないと、今なら思う。だがあのときは闇の中を彷徨っていたのだ。

「権現原のひいばあさんと、拓也を可愛がってくれたじいさん、ばあさんがお前をここへ呼びもどしたのかもしれないけいが」

大学のときはきれいな東京弁を使っていた兄が、故郷の言葉になっていることに俺は笑みの眉をひらいた。

「何がおかしい?」

「兄貴が静岡弁まる出しだったからね」

「郷に入れば郷に従えさ。お得意さんは中小企業のじいさん、ばあさんだろ。だけいがことばのＴＰＯはばっちりだから心配すんな」

地にしっかりと根を張っている兄に、俺は勝てないなと思った。

「それより、トライアスロン、何位だった?」

「百人中、三十位だったかな」

「水泳は昔から得意だったから速かっただろ」

「それが、苦手なマラソンのほうが順位がよかったんだ」

「いまはやりのロハスってとこか」

「そんな高尚《こうしょう》なもんじゃないけいが。兄貴もチャレンジしたら？　運動神経の鈍い俺でもできるんだし、兄貴はスポーツ万能だもの」

「そんな体力ないさ。せいぜいスキーだな」

今度は兄が笑いを堪えていた。俺が無意識のうちに静岡弁を口から出したからだろうか。

「実は母さんのことなんだけいが、中途失聴者の会とかいう会合に最近でかけているみたいなんだ」

兄が手酌《てじゃく》の手を宙に浮かせ、俺を真正面から見つめた。

「ちゅうと……。なに、それ」

「人生の途中で難聴になった人たちの集まりらしい」

兄はこの話をしたかったのだろうか。

小学校低学年だったと記憶する。母の耳のことを作文にしたことがあった。それを目にした母は涙を溢れさせ、幼い頃のいきさつを話してくれた。俺はその作文を破り、別の作品を提出した。なぜ難聴を隠そうとするのか、幼かった俺には理解できなかった。

母のある種のルサンチマンが、俺たちに対する異常なほどの教育に駆り立てたのだろう。父にしっかり聞けと叱責され、陰で泣いている母を見てきたが、成長するにつれ目障《めざわ》りになっていった。

　進学相談での三者面談が嫌いだった。どうしても母と担任の会話がずれてしまい、机の下で母の足を踏みつけた。そのたびに母の瞳が曇《くも》った。兄はどうだったろうか、おそらく同じだったと思う。

「会話も困っていないようだし、電話だって……」

「これをつけているからさ。デジタルでいいものがあるから。父さんが家族や夫婦の会話を取り戻したいと言って、母さんを強引に説得して買ったらしい」

　兄は自分の耳を指さした。そういえば、帰郷してから母との会話のキャッチボールがスムーズだった。そうだったのか。母も前向きになったということかもしれない。

「信じたくないが、かなり悪くなっているようだな。父さんも大変だ。どっちみち足腰だけでなく機能の弱っていく親をみなきゃならん。オレたちは」

　父を「あいつ」呼ばわりし、ことごとく反抗し夜遊びを繰り返していた兄が、家を継ぎ結婚して同居するとは、父母も俺も思いもしなかった。母は常に、拓也が家を継いでねと、口癖のように言っていた。兄も世間に揉まれ、父の立場が理解できたのだろう。

　一升瓶がのこり少なくなるころ母の声がし、酔いの回った俺の脳内に心地よく響き渡った。

「焦らないで、仕事をさがせ」

俺の両肩をつかんだ兄の掌は、彼の姿が見えないだけで泣きさわいだ幼い俺に差し伸べてくれた掌と同じ感触だった。


市役所は耐震化を施されたのだろうか、頑丈《がんじょう》になり、小綺麗になっていた。

申請手続きをすませ、受けとりを待つあいだ、緑茶のサービスがあるのに気づく。

東京では玄米茶、ほうじ茶が多く、たまに緑茶が出されても、絵の具を溶かしたようなまがいものでしかなかった。帰郷すれば急須で緑茶が当たり前だったが、こうして水と同じようにサービスで飲めるとは、故郷もなかなかやるわい、さてお味は——と湯飲みを置き、産地別のお好みのボタンを押す。

渋みとは違う、上質な優しい苦みの中にまろやかなお茶の味、摘んだ茶葉がそのまま入っているようだ。懐かしい茶畑の色と香りが、ささくれた心をほっこりとさせた。

久し振りにはいたジーパンが窮屈《きゅうくつ》で前ボタンをさりげなく外す。

「おがわ……」

誰かが背後で俺を呼んでいるようだ。ありふれた苗字だし、人違いと思ったが、首をねじった。

「やっぱりそうだわ。小川拓也先生ですよね」

突然、若い女性に先生と呼ばれて、俺はうろたえ、頭の裏側で誰だったろうかと思案した。

「お忘れですか。私、酒井麻美です。東京のK工業高校で教えていただいた」

K工業高校は男の生徒が多く、女生徒は少なかったから覚えているはずなのに。わずか二年の講師、それも非常勤だった俺なんぞを覚えていてくれたことが嬉しかった。

帰郷記念とちゃかしてブランドのポロシャツをプレゼントしてくれた兄と、散髪、散髪とさわいでいた母にも感謝し、丸めた背中をのばした。

「父の転勤で静岡県に来てからずっとこちらに住んでいます。ここの市民課にいて、いらしたときからどこかでお見かけしたと思って。書類が私の所を通過して、それでもしかしたらと」

「君、仕事中じゃないのか」

俺は虚勢をはった。

「いえ、これからお昼休みなんです」

誘え、さそえと俺の内部が囁く。ポケットには小銭しかない、まして浦島太郎である。

「さかいさーん」

同僚が彼女を呼んでいる。

「じゃ、先生また」

長い髪が揺れ、金木犀の甘い薫りが、シフォンのようにふんわりと俺の体にまとわりついた。彼女が角を曲がり、姿が見えなくなるまで俺は立ちつくしていた。

「小川さん、小川拓也さん」

名を呼ぶ声で我にかえった。

受付脇の壁に、さっきまで気づかなかった狐の絵のポスターが目に飛びこんだ。『愛するあなたへ悪口コンテスト』募集とある。ラブレターなどがコンテストになっていることはあるが、悪口、辛口とはユニークだ。緑茶サービスといい、故郷も味なことをやるなとしばし足を止めた。

悪口稲荷《いなり》と呼ばれていたご陣屋稲荷は、かつて代官などの風刺人形を飾ったのがいわれだと聞いたことがある。

現在も祭りがあるだろうか。お稲荷さんにお賽銭《さいせん》をあげると、その返礼に赤飯のむすびだったか、いなり寿司だったか、掌にのせてくれたことを記憶の隅から呼び戻した。

たぶん母に連れられていったのだと思う。もうひとつ思いだした。祭りのとき、狐のお面を買ってもらったのに、帰り道で兄に取りあげられ泣きながら家に帰った。

野良仕事帰りだった祖母は背負子を降ろし、俺を背負うと野良着のままお稲荷さんに向かった。祖母の首筋のあたりから、日向《ひなた》と汗の匂いに混じって、ほのかに金木犀の薫りがした。夢の中のおかっぱの女の子は、手に黄色い小花の枝を持っていたが、あれは金木犀だったのか。

手続きを終え自動ドアが開くと、まばゆいばかりの光が俺を照らし、目を細めた。

今日は二月二十八日、明日から弥生の三月、光の春がくる。

光さすほうへと、俺は歩をすすめた。

きくとはす

平成二十三年三月十二日、台北行きのチャーター便が富士山空港を離陸した。御前崎上空より海岸線を眼下に見る。穏やかな海面から、三陸海岸の荒れ狂う水は思い浮かばない。同じ海が突如として牙をむきだし、暗黒の水となったのだ。海岸にへばりつくような家々の街並み、松林、砂丘堤防、浜岡原発独特の取水塔も、津波が来ればのみこまれるのだろう。昨日のなまなましい映像が悪夢のように感じられる。

小川みどりのように難聴で補聴器や人工内耳などをしている人間は、水が最もこわい。はずせば無音の世界におちこむ。健常者でもうろたえるであろうあの大津波。意思疎通ができなくなった難聴者たちのさまよう姿、それは明日の自分でもある。

海岸線が視界から消えると、雲の上は空と海をさかさにしたような地平線が広がり、雲は泡だつ白い壁のようだ。何艘《そう》かの漁船をもてあそび、一瞬のうちにのみこみ、大きな漁船がビルの屋上に乗りあげていた残像が、またもやうかぶ。

これから情報は入らないが、これ以上被害が出ないようにといのるしかない。シートベルト着用のサインがきえると、静岡県知事の代理であろう男が通路に立ち、マイクをもった。エンジンの振動音がまじり、言葉がざわめきもつれる。ノイズもひどく聞きとりにくい。拾い集めた言葉からすると、おわびのアナウンスだろう。

「あの大地震の翌日でよく決行させたなぁ。知事が来られなくてみどりは残念だろうが」

隣席にいる夫の良一《りょういち》がシートベルトをはずしながら言った。

予定よりかなり遅れたが、機内は満員だ。ほとんどが県職員か関連企業マンらしく背広姿だ。

「県知事との夕食会があって、また会えるのが楽しみだったのにしかたないわね」

「知事にはこのツアーは公務だろうが、東海地震のおそれもあるし、県民のことを考えれば静岡を離れられないだろう」

みどりは難聴者協会の新任理事である。年始あいさつで、理事長や他の理事をそっちのけで、知事と同級生だの文学だの、福祉団体には似つかわしくない話題で盛り上がったのだ。その余韻《よいん》がのこる小正月のころ、官民合同のツアーの案内を地方紙で見た。良一は、二十年前に台北にわずかの期間だが単身赴任していて、二人の思惑がめずらしく一致した。

「それより、ほら見て、これ懐かしいでしょ、翡翠《ひすい》のネックレス。菊の形をした珊瑚《さんご》のほうがこの服に映えるかな」

唐突に唇の端をゆがめて話題をかえたみどりを、良一はきゅっと口を閉じ睨みつけた。これに続くであろう妻の言葉を、彼は避けたいのだろう。冷静だった良一の目に、一瞬、感情の揺れが見てとれた。彼はみどりの目を見たままひたすら黙りこくり、座席の前からビニール袋を引きさいてヘッドホンを出し、座席に深くもたれこむと両目を閉じた。

みどりはその横顔に冷たい一瞥を投げかけ、ヘッドホンを手にした。ジャックにさしこむと指先から音が響いてきた。その横にリモコン機能の数字や記号があり、適当に押すと席の前のテレビから映像が流れた。彼女にとって五回目の海外旅行だが、今まではピーピーと耳障りなハウリングが入り使用できなかった。高性能の耳穴式補聴器を購入したばかりなので、期待半分であててみた。周囲の雑音が気になり、音は入っているが会話（英語？）は聞きとれない。字幕は台湾語だろうか。補聴器は音量調整のスイッチがわずかに突起しているので、触れるたびに警告音が鳴る。はずせばわずかな音しか拾えないみどりにとって、それは命の次にだいじなものだ。壊れると観光どころではない。小さなため息をもらし、ヘッドホンを元の位置にもどす。

着陸体勢に入り、みどりは飴《あめ》をなめる。飴は安定剤のようなものだ。一粒、二粒、たえず飴をころがす。左耳の芯がズキズキしだした。それは陣痛の波が耳に来たかのようで、聴細胞が破裂するのではないかと思うほどだ。ポシェットから鎮痛剤を出し、つばで喉の奥に流しこんだ。何かをアナウンスしているようだが、地の果てからわめいているように感じられる。

「ま・た・か・だい・じ……か。あめ……」

「耳が痛くて聞こえにくいの。地上におりれば治るから、しばらく助けて」

何年か前、北京から帰国したときは、三日ほど耳がふさがった状態が続き、元にもどったのは一週間後だった。飛行機には乗るまいと思ったのだが、海外旅行の魅力には勝てず、その後もなんどか飛行機を利用していたものの、これほどの痛みはなかった。機内のざわめきは遠く、耳鳴りだけが津波のように押しよせてくる。

桃園空港に着陸したころには、薬が効いたのか痛みはおさまり、聴細胞も少し活動しはじめた。「ゆりかもめ」のようなモノレールで税関に向かう。

空は雲に覆われて暗く、雨はやんだようだが、地面には水溜りができ鉛色《にびいろ》に淀んでいる。窓から見える空には黒雲がはしり、吹き込む風は雨気を孕んでいる。明日は雨になるだろうか。三月は雨が多いと聞いていた。台湾は亜熱帯気候で、日本だと五月の陽気というが、みどりの足元にひんやりした風がまとわりつく。空港からバスに乗る。

「みなさまに、私の携帯番号を教えます」

現地ガイドのアナウンスに、通路を隔てた隣の夫婦が、夫は携帯電話、妻が手帳を出したのでみどりも手帳を開いた。

「何している。早く携帯を出せ」

良一は携帯電話を打ちながら、肘でみどりを突いた。慌ててとりだすが、メール送信のみでふだんは電話を利用していないのでついていけない。

「何やってるんだ。入れとかないと困るだろ」

「でも、打っても戻っちゃう」

「よこせ」

良一がみどりの携帯にガイドの番号を入力した。彼の苛立ちが肩越しに伝わる。

台湾は三千メートル超の山が二百近くあるというが、高速道の両脇に日本アルプス級の峰がとぎれることなくそびえ立ち、天候のせいばかりでない弱い光は陰鬱《いんうつ》な感じで、屋根のないトンネルの中を走っているようだ。真っ白い深い霧がときおり山の斜面にかかり、まるで絹衣のようだ。山々の緑は日本よりかなり濃い。

「ホテルの部屋番号を言います」

みどりは目と耳をガイドの口元に集中したが、「小川」という名は耳に入らなかった。

「私たちの苗字、言わなかったね」

「ホテルがそれぞれ違う。さっき説明したじゃないか。よく聞け。これから言う。黙ってろ」

良一に頭ごなしにどやしつけられることには慣れているつもりだが、心はボキボキと折れそうになる。みどりは大きく深呼吸し、流れゆく窓の向こうに視線を投げた。ススキの草原がこうべを垂れて揺れており、川沿いにはツツジが咲き乱れていた。バナナ、マンゴー、グァバの木が目の端をすり抜けていった。

『台北一〇一』の五階のチケット売り場はかなりの行列だった。エレベーターは二台あり、フル運転だ。入場券を受けとり、みどりは良一とは別の世界最速というエレベーターに乗る。上昇と同時に内部の照明がおとされ、天井を見上げると、プラネタリウムのように星座が広がり、宇宙に向かっているような高揚感をおぼえた。

三十八秒で八十九階の展望台についた。ギャラリーで携帯電話のようなものを渡され、好みのコーナーの数字を押すと日本語解説があるというので、淡い期待を抱き耳に近づけた。が、周囲の雑音が邪魔し、音は入るが言葉までは無理だった。何とか聞きとろうと耳に押しつけると警告音が鳴る。

「ここは十四番だ。どこを押してる」

いつの間に横に来ていたのだろうか。良一の怒りを含んだ声が耳を射る。

補聴器の助けで、日常の会話は七割くらいの聴力があると思っているが、相手の口の見えない電話などはハウリングを起こし、聞きとりにくい。心に渦巻く埋み火《うずび》を抑えきれず、薄暗い室内展望台を足の向くままに歩いた。足裏から毛足の長いじゅうたんの感触が、わずかに心を癒してくれる。

バス内で親しくなった本田夫婦が望遠鏡の前ではしゃいでいて、ここへ来る前に寄った茶芸店でのことがよみがえる。

みどりは良一と違う卓に座った。茶杯が回り、本田さんの奥さんが手を滑らせ、螺鈿《らでん》細工の卓の上にお茶が地図のように広がった。彼女は「ごめんなさーい」と身をくねらせ甘え声を出した。本田さんは、がっしりした広い肩を揺すらせ「すみませんなぁ」と、えらのはった獅子頭《ししがしら》のような顔をくしゃくしゃにして頭を下げ、敏捷《びんしょう》に動いた。もし自分だったら、夫はその場では顔を引きつらせ、その後はねちねちと嫌味を言うだろう。

みどりはその光景を見ながら、北京の土産物店でのことを思いだした。良一から店員の前で平手打ちを受けた屈辱は今も癒えず、何とも言えない空虚な寂しさが心にわいてきた。隣の卓で談笑している良一に鋭い視線を投げたが、彼はそしらぬ顔をしていた。いさかいは些細なことだった。「お土産をどこに、どのくらい」というほどのこと、それで意見が食い違った。穏やかな顔の下に隠れたものが、突如むき出しになる。

良一からの手の跡が残るほどのDVもそうだが、ことばの打擲《ちょうちゃく》は手痛く、彼の口から一ふり打ちおろされるたび、心は縮こまった。ＤＶはマスコミでも騒がれていたが、別れられない妻の心情はどこも同じだと思った。

視界の開けた窓辺によると、空模様はめまぐるしくかわり、漂う雲が建物をおおい隠した。つぎつぎと灯りがともっていく。あそこにはさまざまな日常が営まれているだろう。灯りには人や物をやきつくす強い炎と、人の心をあたたかく癒す炎がある。

闇がおりてきた。みどりは、ガラスの中に映る自分の姿を見つめながら、遠いとおい記憶の闇に引きずりこまれていった。


昭和五十三年、次男の幼稚園の鼓笛隊の発表会が隣町の音楽ホールで演奏されることになり、臨月のみどりは良一に付き添いを頼んだが、仕事優先と一蹴された。

次男には、「もうじきお兄ちゃんになるのだから、おばあちゃんと発表会に行こうね」と諭した。

当日、いつもは電車通勤なのに、上客を接待するので車で行くという。車内は掃除機できれいにし、洗車もいつもよりも念入りにしている。手伝いたくてもお腹が邪魔でうろうろしていると、口笛が聞こえてきた。

「よいお天気ね。絶好のデイト日和《びより》ね」

意味があったわけではない、思わず口から出たのだった。でも、反応を確かめたい思いはあった。洗車していた良一の顔に、さっと影が横切ったのをみどりは見逃さなかった。

「なに、寝ぼけたこと言っているんだよ。仕事じゃないか。誰のために働いていると思っているんだ」

「どうして怒るの？　最近、どこへも連れていってくれないから言っただけじゃない」

それをはっきりと見届けてから、みどりはこっそり笑った。昨夜、偶然見つけたものがあったのだ。良一は逃げるように車を発進させた。こんなことは、本来ならしてはいけない。が、やってみずにいられない強い誘惑にかられた。これは賭けだとみどりは思った。

他人と装って会社に電話を入れる。もし、良一が出たら適当にごまかしておけばいい。思いついたが最後、みどりはそれに執着した。愚かなことをすると心の隅であざわらいながら、自分を抑えることができなかった。いてほしい、会社にいてと祈りながら、震える手でダイヤルをまわした。

——○物産静岡営業所ですか。営業部の小川さんいらっしゃいますか。

——申し訳ございませんが小川は本日休暇をとらせていただいております。どちら様ですか？　ご用件を承りますが。

——さようでございますか。だったら結構でございます。また、後日連絡いたします。

全身から力がぬけ、立っていられなかった。床に崩れ落ち身体を支えるのがやっとだった。刺すような痛みが後頭部をつらぬく。いったい、これはどういうこと、どういうこと。誰もいない家の中の空気は重くよどみ、異空間をさまよっているようだった。

「ただいまぁ。ママァ、僕だよーっ」

次男の声に反応するかのように、赤ちゃんが思いきり腹をけった。時間の感覚が消えていたからどのくらいたったかわからない。回復しなくては、回復しなくてはという意志だけでかろうじて立ちあがった。

その夜、いつも通り帰ってきた良一に、みどりは昼間のことを問いただささなかった。

予定日より早く生まれた赤ちゃんの泣き声がする以外は、気味が悪いほど家の中は静かな、ある日曜日のことだった。その日は、みどりの父が孫二人にせがまれて、デパートの屋上にある遊園地へでかけていた。

睡眠不足の重い頭に、玄関に置いてある黒電話がしきりにみどりを呼んでいた。

――はい、小川でございます。

――……ですが、ご主人をお願いします。

――あのう、すみませんが父ですか？　それとも。

男はみどりの問いを最後まで言わせなかった。

——ご主人の名前は存じません。……と言ってくだされればわかるはずです。

電話の声が遠く名前がはっきりと聞きとれない。が、語気の強さは、みどりをせきたてた。

「あなた、電話」

草野球チームのユニホームに手を通そうとしている良一に声をかけた。

「誰からだ」

「よく聞きとれなかった」

みどりは、か細く答えた。

「よく聞いとけ。なんど言ったらわかるんだ」

頭越しにどやされてもみどりは黙ったまま、空のベビーベッドに目をなげた。最近の良一のことば尻が、よそよそしく棘《とげ》があるように思うのは、思いすごしだろうか。

スポーツバッグを力なく持ち上げ、玄関マットの脇にそっと置いた。電話は終わったはずなのに、良一は受話器に手をかけたまま、壁に視線をさまよわせていた。

「あなた、早く支度しないと間に合わないわよ」

背後から声をかけると、びくっと肩を震わせた。名前を確認しなかった後ろめたさもあって、みどりは気にはなったものの、台所に入って行った。流し台で洗い物をしている母の背中が心なしか縮んで見える。つい、この間までの残暑が嘘のように今朝は冷えこんでいる。とはいえ、厚手のブラウスにベストを羽織った母に、ある老婆を重ねあわせた。夏でも綿入れのちゃんちゃんこを着ていた老婆は、小さな家に一人で住んでいた。

「ばぁばぁ（まわりの大人がそう呼んでいた）は、若いじぶんから耳が悪かった。それなのに、らっかい子供を産んでほとんど聞こえなくなった。男漁《あさ》りの罰《ばち》があたったのさ、女は子供を産むごとに、体の弱い部分から悪くなるのを知らなかったでもあるまいにさぁ」

みどりが小学四年生になって間もないころ、この言葉を聞いた。前年に薬剤性難聴になり、日常生活ができるまで聴力は戻ったが、それでも難聴にはかわりない。まだ幼く理解できないこともあったが、「結婚しても子供は産めないのかな」と、ぼんやり考えていた。それは成人後も、頭の片隅にたえずこびりついていた。

「みどり、ちょっと話がある。寝室に来てくれないか。お義母《かあ》さん、あとお願いします」

台所と廊下の境にある玉のれんから、良一がひきつった顔をのぞかせた。母は小さくうなずくと蛇口をひねり、傍らのコップに注ぎ飲んだ。

「お義母さん、僕にも一杯ください」

母は良一と視線を合わせようとせず、持っていたコップを黙って置き、他のコップに水を入れ、渡した。良一は喉仏《のどぼとけ》を激しく上下させて一気に飲んだ。

胸に靄のようなものが渦巻く。電話の相手は誰だったのだろう。

寝室のドアがバタンと閉まったとき、言いようのない寒気がみどりの体を襲った。

「怒らないで最後まで僕の話を聞いてくれ。今の電話は僕の女友だちのご主人だ。みどりに黙っていてすまなかった。僕のことを浮気していると疑っていただろう。でも、ただの友だちだったんだ。信じてくれないだろうが。彼女に手紙を出して、それをご主人に見られたようだ」

筆まめな良一だった。職場結婚だったみどりたちは、社内郵便で私的な往復書簡をしていた。和ダンスの奥にしまってあった手紙の束を、庭で燃やそうとしているのをみどりが必死で止め、幾通か奪いとったのはつい最近のことだ。

「朝早くに彼女から電話があった。『あなたの手紙が主人に見つかってしまった、お宅に電話すると息巻いている』と。みどりは寝ていて気づかなかったが、お義母さんが電話に出てくれた」

赤ちゃんが夜泣きをくりかえし、大事な試合の前ということで、良一と床を別にした奥の間で休み、朝方やっと寝付いてくれて泥のように眠っていた。また聴力がおちたのだろうか。台所での母の顔が脳裏に浮かび、不審な態度に納得がいった。母は早朝の電話の相手が、良一の女であると直感したのであろう。このような場面がいつかくると、みどりはかすかに確信していた。だから心が落ちつき、自分でも信じられないほど冷静になっている。どうしてなのだろうか、泣きわめくみどりを良一は想像していただろうか。みどりだってそうだ。今までにも何回か、それとなく問い詰めるだけで、青筋を立ててつかみかからんばかりに怒鳴りかえされ、なすすべさえなかった。

「集合時間に間に合わなくなるわ。守備の要《かなめ》のあなたがそんな顔していたら、勝つ試合も負けちゃうでしょ」

涙がすぐそこまで来ていて、ちょっと押しただけで溢れそうになるのを堪《こら》え、良一の日向臭い背中をそっと押した。なんとか試合に出させなくては、とみどりは焦った。こんなときに、自分はなにを考えているのだろうか。自分というものがわからなかった。さっきから無性に乳房が張ってきたのと、良一が奥の間に視線をなげるのが同時だった。ドアを開けると赤ちゃんの泣き声が聞こえた。野球帽を目深にかぶった良一は、みどりを強く抱きよせ、

「試合が終わったらすぐに帰ってくる、ゆっくり話がしたい」

そう言い残し試合会場に向かった。

奥の間に行き、赤ちゃんを抱き寄せてパットをはずすと、乳白色の乳がほとばしった。

乳房を差しだすと、薄目を開け乳首に吸いつく。溢れでる乳にたびたびむせながら、少しずつ満たされた顔になり乳首から離れていく。飲んでいなかった片方の乳房を、どこにそんな力があるのか強くつかんでいた小さな手が、次第にだらりとしていった。げっぷをさせてから、奥の間をでて寝室のベビーベッドにそっと寝かしつけると、不意に赤ちゃんの顔がゆがみ、かすんでみえなくなった。下腹部に激痛がはしり、産院でのことがよみがえる。

「みどりが不妊手術をしないのなら、僕がパイプカットする」

「入院することになるんでしょ。そこまでしなくても」

「また、子供ができたらどうするんだ。堕ろすのか」

出産後、入院中に不妊手術をすれば退院が一日延期となるだけで、比較的安易に施術できるとの内容が記載されたパンフレットを、産院待合室からもってきたのは良一だった。

手術前、医師からの説明はみどり一人で聞いた。

「卵巣から排卵された卵子と、精管を上昇してきた精子とが会合して受精がおこなわれるのは卵管においてです。卵管をけっさつ、または切断すれば卵子と精子の会合はさえぎられます」

医師はホワイトボードに貼られている子宮の断面図に指し棒を向けた。その先端は細くなっていて、頼りなげに揺れていた。こうしてながめてみると、桜色をした子宮の断面図は花芯のようであった。左右に分かれた卵巣は鶯《うぐいす》色、その先の卵管は菊の花びらのように開いている。右の卵巣は途中で糸のようなもので結ばれ、左は切断され片方が糸で結ばれていた。どちらに施術するのだろうか？　痛みは？　副作用は？　今、確かにけっさつと聞こえたが、その意味は？

みどりの心を見透かしたかのように医師は、卵管の右を指しながら続けた。

「これはけっさつと読み、結ぶということです。ここでは開腹しておこなう腹式不妊術ですが、盲腸程度の簡単な手術です。局部麻酔ですし、痛みもほとんどありませんし、副作用も皆無《かいむ》です」

「手術後、肥《ふと》るということはありませんか」

ピルを飲んで体型が変わった友人の姿が、ちらっと頭をかすめた。

「ございません」

医師はきっぱりと言いきった。顔見知りの看護師が、不妊確率は百パーセント、子供が欲しくなったら糸を解けばできると、傍らで補足した。と言われても、ある種のおそれが迫ってくる。母はみどりに対しては不快の念をあらわにしたが、良一には何も言わなかったようだ。

手術当日、病室に数人の看護師が慌ただしく入ってきて、T字帯をはずされ深緑色のオペ衣を着せられた。同色の丸帽子を着けられ、ストレッチャーに乗せられて廊下に出た。すると、同室のベビーベッドの赤ちゃんが突然、痙攣《けいれん》を起こしたかのように泣きだした。みどりは毛布で頭部を覆い、両手で耳をふさいだ。

煌々《こうこう》と明るい手術室に寝かされ、下半身を隠すカーテンがおり、麻酔をうたれると腰から下が痺れて猛烈なだるさがおそってきた。金属的なメスの音、医師と看護師のスリッパの音、白衣の裾が翻《ひるがえ》るさままでわかり、意識はしっかりしていた。へその下あたりをもぞもぞと毛虫がうごめいているようだ。そのうち、ブスッという鈍い音がして、三度のお産でも経験したことのない堪えきれない激痛がみどりの体をつらぬく。声を出すまいと歯で下唇を思い切り噛んだ。医師の手はなおも腹の中をかき回し、みどりはあまりの痛さにのたうち回る。

「やめてください。やめてください。先生、やめてーっ」

みどりは手術台から逃げようともがいた。が、どうしたことだろう。意識はこんなにしっかりしているのに、金縛りにあったようにびくともしない。出産のとき、分娩室《ぶんべんしつ》で泣きわめく妊婦の悲鳴を耳にするたび、尋常な痛さではないが、母になるのだから堪えなくてはと、厳しいまなざしを向けていたみどりだった。

「動いてはいけません。傷が深くなり痛みがひどくなります。すぐ終わります。堪えて。小川さんらしくない、がんばって」

怒りも含んだ看護師長の声が遠くなり、聞こえるはずのない赤ちゃんの泣き声が耳をつんざき、唇を噛みきったまま、みどりは意識を失っていた。

注射針で刺される痛みで、みどりは目がさめた。見慣れた輪郭が一つひとつまとまっていき、母と良一の顔が浮かびあがってきた。乳房にあてられたタオルが乳臭く、母にとりかえを頼んだ。医師と看護師が出ていき、その後を母がついていった。

「ごめんな。痛い思いさせて」

みどりの目ヤニをガーゼで拭いながら良一はそっと囁いた。それには答えずみどりは、

「赤ちゃんは？」

と尋ね、乾ききった唇を指先で拭った。拭うたび、どす黒いかさぶたが剥がれる。掛け布団の襟《えり》カバーには血の跡がアートのようについていた。

「よく寝ているよ。みどりもゆっくり休めよ」

おしよせてきた疲労にへたり込みそうになりながら、みどりは無理やり笑顔に力をこめようとした。が、わけのわからない涙が目尻から流れ、耳の中にはいっていった。

目を閉じ、ギャラリーに戻る。本田夫婦が、九十一階の屋外展望台に階段で向かっているのを目の端でとらえて、ある程度距離を保ってついていく。みどりは一人で行動していたが、やはり心細くて視界の中に本田夫婦を常に入れていた。室内とはまったく異なる空気が漂っていた。超高層ビルの最上階に吹く風は、強く肌を押しつぶすようだ。間近にそびえるビルの突端を仰ぎ見る。生きている実感、自分が実在しているということを教えてくれているようだった。

エレベーターの前が集合場所だった。本田さんが掌をガイドにさしだし、その横で奥さんが『台湾の占い』の冊子をこちら向きに抱えているのが見えた。

『台北一〇一』の前は故宮博物館だった。三千年前の占いの証《あかし》である、亀の甲に釘で引っかいたような『甲骨文』とガラス越しに対面し、それらから発する魂に鳥肌が立ち、足が竦《すく》んだことが頭をよぎる。

「通訳つきで、占いしてもらうのですか?」

迷信はいっさい信じない良一のことだ、なにを言われるかわからないと思ったが、体は勝手に本田夫婦に近づき、問うていた。

「日本語が堪能な占い師を手配してもらうつもりだ。台湾は占いの本場だからね」

ご主人のほうが答える。

「当たるも八卦《はっけ》、当たらぬも八卦だけど」

すぐに奥さんが続けて、笑う。

「古くから外敵の脅威に晒《さら》されてきた台湾。まっ、日本もその当事者だけどね。だからここでは占いは日常の生活の一つだし、文化大革命で『非科学的』と迫害された占い師たちが大勢大陸から逃れてきた。レベルは高いよ」

笑うと目元が柔らかくなるご主人は、見た目よりかなり人なつっこい。奥さんはすらりとした体、栗鼠《りす》に似た小さな顔。真っ赤なジレにロングマフラー、同じ色のブーツで決めている。本田さんたちは、かなり年齢差があるように思えるちぐはぐな夫婦である。

みどりたち夫婦は、他人からどのように思われているだろうか。ぶよぶよと太り、お盆のような顔に中央が陥没している鈍重そうな妻、長身で切れ長の目、全体的に整った慈愛に満ちた夫という図だろうか。

あきらめのため息が、薄闇の中に浮かび上がる仄かな光の中にすいこまれていく。そのとき、ポワンと一発、左耳の奥で音がして、続いて右もポワンとなった。みどりは安堵の息を漏らす。この音は耳が正常に戻ったお知らせだ。聞きとれないのではないかという迷いは消えて、占いを申し込む。

ガイドを先頭に、ホテルから松江路を北に向かうと、行天宮が見えた。地下にある占い横丁が目的地かと思ったが、彼女は交差点を右に折れ、「ここです」とドアを開けた。

間口二間、奥行き四間の奥まったところに先客がいた。若い二人連れの現地の女性らしい。道路側のガラスには『東松命理』。その下に米卦門事（米粒占い）、八字論命（四柱推命）、看板は『東松民權營業所』となっている。

左側に六人掛けの卓と椅子があり、少し離れたところに場違いなラブソファとミニテーブルが置かれていた。右側の壁には日本のタレントと占い師のツーショットの写真が貼られていた。みどりは補聴器のボリュームをワンランク上げる。

会話の内容はもちろんわからないが、先客の声が華やいだり、沈んだりするのが雰囲気でわかった。衝立があるわけでなく、右奥に豪華な卓があって占い師が座り、対面する形で丸い椅子が三つある。その脇にベンチのようなものがあり、大人数の場合そこに座るのだろう。

先客が終わり、六人で説明を受ける。米粒占いと、人相、手相とあり、選べるのだという。金額も口にしていたようだったが、聞きとれなかった。まっ、いいか。あとで対面のときに聞けばいい。補聴器も絶好調だったし、占い師の歯切れのよい日本語はみどりの脳に届き、胸をなでおろす。

テーブルに日本の女性週刊誌があり、付箋《ふせん》のついたところを開く。『台湾でよく当たる占い師』との見出しで、ここの占い師が大地震、大災害があると予言している。はっとして、何年何月号かを見る。昨年の新年号だった。一年ずれたのだろうか。

本田夫婦から開始した。それを見届け、ガイドはあわただしく帰っていった。笑い声さえ入った二人の占いは終わり、二組目の夫婦が席を立つ。

「どうして二人で来なかったの」

常に別行動をしているみどりたちに、本田さんの奥さんは探るような眼差しで聞いてきた。

「主人は占いなど大嫌いな人なんです。彼は足裏マッサージがいいとか言って、そちらに行きました」

冷ややかな声で言い放ち、みどりはガラスの向こうの歩道に目をやった。カップルや中年の二人連れがリズミカルに闊歩《かっぽ》していく。

「小川さん、……」

「えっ、何ですか?」

みどりは会話のときはそれに集中しないと聞きのがすことが多い。難聴のエッセイストはペンネームを『江時 久』にしたという。常に「えっと、きく」から。相手の言葉を先取りしないと、集団の会話からとり残される。だから自分から会話を先導するしかない。

奥さんは鎌《かま》の刃のように唇を曲げて笑った。顔で笑っていても目には嘲《あざけ》りの色がある。今まで、何人からこのような顔を向けられてきただろうか。難聴者は自らその障害を人に言えない、隠そうとする。協会理事となっても、まだこちらの世界にいたい自分がいる。だから誤解される、たったひとこと「耳が悪いんです」と言えない。現実に打ち克つか、負かされるか、二つの狭間で揺れる。

「おとし？　お生まれは何年？」

「私ですか。昭和二十四年ですが」

「僕は二十三年だから、一歳下ですね」

「いいえ、私は一月ですから、同じ学年です」

年始あいさつで知事と同じ会話をした。騒音下や大人数では聞こえない、静かな対面状況では聞こえるという『聞こえ方のギャップ』は人に理解されにくい。難聴の一番の問題は、聴力でなく人間関係の問題であり、人からの孤立である。たとえ夫であってもだ。

心を切り裂かれた記憶が咽喉までせりあがる。難聴だったから、知事とわずか五分間だったが対談できた。ろう者たちのような団結力もなく、中途半端な障害ゆえに声をあげない者たちの思いを夕食会の席で届けたかった。もっと、もっと知事と話したかった。大震災さえなかったらとの思いがよぎったが、あわてて打ち消す。

ある中途失聴者は、夫から世間体が悪いと家に閉じこめられ、夫の留守に母親の手引きで夜逃げ同然で実家に逃げ、人工内耳の手術をして後、再婚した。人工内耳とは頭蓋骨《ずがいこつ》に穴を開け、埋めこみ型の医療機器と、外部のマイクで聞こえをとりもどす治療法だ。正常な状態に回復するものではないが、音を聞きとることができるレベルまで聴力を回復させ、会話の理解を助けることができる。

その前夫を責めることはできない。妻が失聴したら、夫はうろたえるであろう。それが人間なのだ。

難聴協会のアイドル的存在の人工内耳装着者との会話も思いだす。

「みどりさん、自分の言葉は聞こえる？」

「補聴器を通してなら、聞こえるけど」

「私は自分の声がまったく聞こえないの」

「聞こえなくて、自分の話わかるの？」

「自分のしゃべる言葉だからわかるわ。それよりみどりさんに質問があるのだけれど、息子さんたちを産んで聴力はおちた？」

「おちたわね。間違いなく」

彼女も中途失聴だが、夫や同居している親の理解もあり、会員の中では恵まれているほうだ。

「一人娘がね、難聴なの。結婚を考えていて子供もほしいけど、産むと聴力が低下するとどこかで聞いてきたらしいの」

美しさと華やかさ、それに屈託のない明るさに加え行動力もあり、難聴女性の鑑《かがみ》でもある彼女の表情は哀しみの色に染まり、みどりは断言せずとも他の表現があったのにと後悔した。

「次の方どうぞ」と、占い師の声がして我にかえる。

「何を占いますか」

紫色の名刺を渡された。仄かなお香の匂いが鼻腔をくすぐる。週刊誌では四十三歳となっていたが、近くで見ると写真より若く美人だ。

「長男夫婦の子宝、次男の結婚、私の手相を」

婿に出した三男夫婦には子供が二人いるが、内孫はまだだった。

「では、これにあなたの生年月日と名前、住所、占う人の名前を書いてください」

流暢な日本語で占い師は、Ａ４半分くらいの桃色の用紙を二枚とペンを卓の上に滑らせみどりの前に出した。名刺と同じ匂いがした。

「では、目をつむって、ここに書かれた事柄を心で念じ、頭に入れてください」

どうしてなのだろう。彼女の前の椅子に座ったとたん、全く違った空間にまぎれこんだようで頭が空白になり、目は閉じたものの、何を書いたかどうしても思いだせない。

「はい、ではこれを親指と小指で軽く三回摘《つま》んで、この用紙の上に載せてください」

みどりからは右側、占い師からは左側に七宝焼きのような小箱がいくつか置いてある。占い師は花柄模様の透かし彫りのフタを開け、みどりの前に置いた。雑穀のような色合いの米で、くすんだ緑が目に入った。念じながら摘む。指先が震えてうまく摘めない。二・三・四だった。その数で運勢を読み解くらしい。先ほどのA4半分の用紙の上に摘んだ米を置いてその色などで判別し、卦身、暗伏、爻名、爻象、五類、六獣などと印刷された用紙に、字なのか判別不明の記号を書き込んでいた。

書き終わった占い師は、指で暗算をしているようなしぐさをした。

「二人ともつくる気がまったくない、来年少しだが兆《きざ》しが見える」と占った。

次男についても先ほどと同じ所作をする。四・二・六と摘んだ。占い師は前回より、眉間に皺をふやしていた。

「本人は、生活が充実していて、その気がまったくない。四年は無理です」と告げた。

「わかりました。では私のこれからの運を手相で見てください」

「手を出してください」

「右ですか？　それとも左ですか？」

「両方出してください」

彼女は体を乗りだしてみどりの指をつかんだ。指先からなにか得体のしれないものが、電流のように体内をはしる。

「いい手相してますね。長生きしますよ。何か才能ありますね。今、波にのっています。これからです。自信をもっていいですよ」

長生き、才能がある。また、聞き間違えたのかと思った。地震が発生したあのとき、津波映像を見ながら「補聴器は水に弱いから、はずせば聞こえないし、真っ先に私たちは死ぬわね」と言うと「いや、このような人間は図太く生きぬく」と良一は即座に言った。心臓に爪を立てられたような思いで思わず彼の顔を見たが、冷静になってみればそうかもしれない。

「今、何もできなくて手詰まり状態なんです。それで苦しくて。何かわかりますか？」

「何か芸術関係の仕事してますね」

「いいえ、仕事はしていません。主婦です」

占い師の目が一瞬揺らいだ。が、その瞳はそんなはずはないといっていた。

「人生をきりひらいてきましたね。家庭におさまるかたではない。努力家で非常に個性が強い」

個性とは障害のこと、そこまで見抜かれているのか。占い師の目は、先ほどとは一転して獲物を狙う獣のようにするどく光った。彼女は自分のすべてを知っている、みどりはそう悟った。

「夫とのこれからの関係はどうでしょうか」

本田さんたちに、この会話は筒抜けだろうと思いつつ、口は勝手に動いていた。

「ラブ、ラブではないですね」

昭和五十四年の秋、指定された喫茶店で、良一の女と会った。客が少ないこともあったが、みどりは直感でわかった。

「小川良一の家内です。このたびは主人が大変お世話になりまして、いただいたものをお返しに伺いました」

みどりは手編みのセーター、ペアの人形などをテーブルの上に並べた。良一と女はさまざまなものを交換しあっていたようだ。まだ隠しているものもあるだろうが、とりあえず目ぼしい品を持参した。会う前は罵倒し、手もあげてやろうかとあらぬことを考え巡らせていたが、最初に出た言葉は自分でも思ってもみないものだった。あいつ、とみどりはつぶやいた。こんな綺麗な人が……。あいつも捨てたもんじゃない。

「申し訳ございませんでした。奥さんが赤ちゃんにかかりきりで彼も寂しかったんだと思います。私たち境遇が似ていたのです。だから、話が合って」

赤ちゃんにかかりきり？　嘘、その前から交際していたのだろう。境遇が似ていた、どういうところが？　問い詰めたい思いが喉元にまで出そうになる。妻というプライドがそれを許さない。

女は良一の中学の同級生だった。実らなかった初恋が、中年を過ぎてから火がついたということか。女が良一にラブレターを出したが、彼は鎌をかけられていると誤解していたらしい。女は緑内症を患い、今はなんとか見えるが、いずれ失明する確率が高いという。同情もあったんだ、良一の言葉もうなずける。人ごとでない、みどりだっていつまで音の世界にいられるのか心許ないのだ。考えてみればどっちに転んでも、良一は障害を抱えこむ人間を伴侶《はんりょ》に選んだということだ。それは、彼の優しさゆえの心根でもあるのかもしれない。ボブカットの似合う、愁《うれ》いを含んだどこか遠くを見つめているような瞳、そこには見えにくくても人の心の底を見抜くような鋭さを潜ませていた。

気安く「彼」を連発するのが耳障りだったことを除けば、屈託なく話しかける女に、みどりはこんな姉がいたらいいなとふっと思うのだった。人の気をそらさぬ話し方、豊富な話題、はじめて会った人なのに、ずっと前からの知り合いのように不可思議な世界にまぎれこんでいた。わかるような気がした、良一の心が。聞いているのか、いないのかわからないような妻。それならば妻は肉体的処理、女には精神的処理と、世間と逆である。それが、いつしか女として見るようになった。男となった良一が熱情を抑えきれず行動した。手紙が女の夫に見つかった。みどりは女への感情をどう捉えていいかわからなかった。彼女は良一と同様にみどりも魅了してしまったのだ。

外見上は比較的穏やかだったものの、みどりの胸の底にはたえず、埋み火が揺れていた。相手が玄人《くろうと》なら単なる浮気と笑いとばしただろうが、素人、それも初恋の人、人妻ということがみどりを打ちのめした。そのことは年月を経るにしたがってマグマとなっていった。明朗快活にふるまうみどりは表の顔で、ハンディを夫だけでなく他人にも隠し、些細なことを気に病みうつ状態になるのが裏の顔だ。家族が寝静まり二人きりになると、みどりの目には夫の背や体の周りに女の影がちらつき、アルコールの海に溺《おぼ》れるようになった。「家《うち》は大丈夫ですが、お宅のご夫婦が心配です」と女の言葉が靄のように、たえず頭の中で渦を巻いていた。安定剤とアルコール、みどりの体と心は日ごとに壊れていく。

それでも日常は、大小さまざまな岩にぶつかりながらも、平面上はつつがなく流れていった。

そんなある日、みどりは女の写真が良一の書物の中にはさみ込まれていたのを見つけた。不思議なことだが、それがそこにあるということが、そのとき、鮮明に見えていたのだ。

台湾の土産で、みどりには平凡な翡翠、女には菊の花をかたどった精緻《せいち》な珊瑚のネックレス、これは車の車検証入れの中にはさまれていた。傷が癒えるたびに、女はみどりの前にあらわれ、塩を塗った。心療内科に入院したみどりだったが、良一は女とのいきさつは墓場まで持っていく心づもりか、たまさか逆上して問いただしても、どなりちらすか暴力で訴え、口は貝に徹した。


「いつまでも根に持つと、誰が苦しいのでもなくあなたが一番つらい。そうではないですか」

みどりは、はっとして顔を上げ、占い師を凝視した。

「私は趣味で文を書いています。そのことをどうしても書きたくて。でも怖くて書けない。それが苦しくて」

みどりの、そのことという意味が占い師にわかったのだろうか。占い師は瞳の奥で見えないなにかを手繰《たぐ》り寄せていた。

「今はやめたほうがいいですね。五年、いや、もっともっと先に発表しなさい。ただ、今ある肩書き、これをすべて捨てなさい。あなたそのものでいなさい、そうすればあなたが楽になり運もひらける。すべてを背負おうとすると、あなたは今度こそ本当に壊れてしまう」

難聴を知られるより、蔑視《べっし》されるのを選んできたのだが、プライドだけは高いのだから始末におえない。理事を受けたのもそうだ。なり手がなく頭数合わせだけの役だった。水の中で耳を濡らさないように、つま先立ちで背伸びしている。

「ご主人は『妻は家』という考え方をしています。あなたが自分の手から離れていこうとするのが怖いのです。あなたが彼を許せばすむこと。でも、あなたにはそれができない。執念深くて、こうですからね。違いますか。自分で自分の首を締めるのをやめ、前を向きなさい」

占い師は両手を目尻の横にあて、前に伸ばした。みどりは膝の上で拳を握りしめた。熱いものがその上に滴りおちた。

「おまちどおさまでした」

みどりが待っていてくれた四人に近づくと、本田さんは最後にゆったりと立ちあがり、

「卓の上に置いてあった。自由にどうぞって」

と、名刺大のカードをよこした。

桃色の袈裟《けさ》を羽織ったふっくらした仏さまが描かれていた。蓮華座《れんげざ》の上に立って満面の笑みを湛え、人差し指を頬の上にのせて踊っているようだ。布袋《ほてい》さんみたいで、心がほっこりして思わず顔がほころぶ。泣いた鴉《からす》が、ほんのちょっぴり笑った。

タクシーを拾い『士林夜市《シーリンヨイチ》』に向かう。日本統治時代に建てられた木造建築の前で、ガイド、良一たちと合流した。車は渋滞し、人々は怒鳴りあい、クラクションがけばけばしいネオンの間の空気を切り裂く。

「この信号を目印にしてください。スリも多いので、迷わないようお互いに手をつなぐか、腕を組んで離れないように気をつけてください」

身動きもできないほどの人出だ。

泣き顔を見られたくなくて、みどりは良一と目さえ合わせなかった。手をつなぐ気も、腕を組む気にもなれなかった。なんのために高いお金を出して占いをしたのか、みどりは自嘲の笑いを漏らした。

良一を前にすると、ふつふつと怒りがわいてくる自分を抑えることができない。夫がいなければなにもできない人間ということが、みどりにはわからない。いや、わかっているのだ。ガイドとはぐれないようにしていたつもりだったが、チベット梵字《ぼんじ》模様のペンダントの前で立ちどまったらガイドの姿が見えなくなった。

慌てて周りを見まわす、顔見知りはいない。台湾に来て初めて恐怖を感じた。戻ろうと思った。とにかく元の道に戻ればば信号がある。地図を開こうとしたが、かえって狙われると思いとどまる。日本人らしい顔をさがし、その連れのように近づいたり、照明の灯りの強い店先の前を選んで歩く。

携帯が命綱だが、会話できるだろうか、聞こえるだろうか。みどりは無意識のうちに、片手で携帯と翡翠をつかんでいた。いきなり後ろから手首を握られ「ひっ」という声が心臓から飛びだした。息を止めて首をねじると、良一が仁王立ちしていた。

「危ないだろ。もう、この手離さないぞ」

その場にへなへなと座り込みそうになるのを必死で抑えた。

「痛いわね。お財布出したいから離してよ」

良一は手首を緩め、そのまま滑らすように手を握った。引きずられながら、仕方なくついていく。肩をぽんと叩かれ振り向くと、本田さんだった。彼ら夫婦は腕を組んでいた。

「手、つないでいるじゃないか」

「夜市だけは別です」

みどりは、吐き捨てるように言いはなった。でも、いつの間に指を絡めていただろうか。

みどりは顔を赤らめ、あわてて手を離そうとしたが、良一は強くつかんで離さない。二人の顔に七色の光線が煌《きら》めいていた。

良一がチェックアウトを済ませている間、みどりはカウンターに置いてある現地の新聞を手にしようとし、指先が凍った。

一面に大見出しで『日本好痛』『福島連環氣爆核爐心恐熔毀』、下段の写真は、片足が木屑《くず》や草に隠れスニーカーの靴底の一部しか見えず、もう片方は靴が脱げ、剥きだしの脛《すね》に白い靴下が見えている。ジャージのズボンだろうか、紺地に赤と白のラインが入っていた。おそらく中高生ではなかろうか。

遺体の上の白い小菊の花束が目に痛い。『日本九級大震遇難不斷，在仙台一具未被収容的遇難者遺體，已有人為遇難者獻花』と下に小さく記され、横には鉢巻姿の赤十字社の女性、『東日本大震災募金活動，十四日，東京六本木』と記載されていた。

毎日早朝に出発し、深夜ホテル着で、テレビを見る時間は限られていた。日本のことは台湾に来てからも頭から離れなかった。街頭のテレビでも日本語字幕の映像は流れていたが、足早に通り過ぎたし、字幕を読みとることも、この耳では言葉を拾うことも不可能だった。

地震、津波だけでなく、原発までも……。日本はどうなるのだろう。次はいよいよ東海地震がくるのか。御前崎の蒼い海、浜岡原子力発電所にはどのような運命が待っているのか。

日本に帰るのが怖い、でも帰らなくては——矛盾《むじゅん》した思いが交錯し、後ろめたさがどっとおしよせてきて、浮かれていた気持ちが足元から崩れておちていく。

バスは桃園空港に向かっていた。

「皆さま、日本へ帰ったら大変でしょうが、日本は必ず立ちあがります。そうしないと台湾こまる。あれほどの大災害なのに、よその国なら暴動が起こります。世界中の人が日本人の我慢強さ、連帯感、抑制心を賞賛しています。負けないでがんばってください」

ガイドは鼻の頭を真っ赤にし、マイクに涙が入らないように白い布で包んだ。すすり泣きがバス内を湿らす。良一の肩が小刻みに震え、ハンカチを取りだし目をぬぐう。みどりも、嗚咽《おえつ》を抑えきれない。

雨粒がすだれのように窓の外を流れていく。その向こうに一輪の白いはすの蕾《つぼみ》がぽっとひらく音をみどりは心の耳で聞きながら、昨夜のホテルでの語らいとを二重奏させる。

「耳のことを隠しきれずに、あなたに告白したときのこと、覚えている？」

「覚えているさ。昨日のようにな。おかしい、おかしいと思っていたんだ。どうして隠すのか僕には理解できなかった」

「あのとき、あなたは『夫婦じゃないか、なぜ隠す』って、泣きじゃくる私を抱きしめてくれたわね。嬉しかった、その言葉が」

「そんなこともあったな」

みどりの聴力が急激に低下したとき、高性能のデジタル補聴器が開発されたばかりだった。両耳で軽自動車一台分の金額だった。

「それと『夫婦の会話をとり戻したい。みどりは車の免許をもっていないので、車を買ったと思えばいいし、着物でも買ったと思えばいいや』って、補聴器店に強引に連れていかれたわね」

会社の業績が悪化してリストラの嵐がふきぬける中、良一は補聴器装着を勧めてくれた。考えてみれば、あれからだった。引きこもりがちだったみどりが、人とのコミュニケーションがスムーズにいくようになり、交際範囲が広くなっていった。

「みどりが離婚を考えていることは知っていた。この旅も離婚旅行のつもりだっただろうということもな。だが四十年間、ともに歩いてきたじゃないか。昔のことはすでに忘れているし、なんども謝ってきた。これからがだいじではないか。僕はみどりと離婚はしない。障害を認めることはつらいだろうが、それは事実なんだ」

生きていれば、命あれば、耳の不自由さなどなにほどのことだろうか。前を向いて生きていくのだ。明日はどうなるのか、誰も分からない。それは障害があろうとなかろうと同じようにふりかかる。人というものは、何か苦しみを持っているほうが生きやすいのかもしれない、みどりはそう思った。

「歌はへたですが、お別れに皆さまに台湾の名曲を唄います。『雨夜花（ウヤフエ）』です。日本人が作曲したそうです。知っている方はご一緒に唄ってください」

涙声のガイドが唄いだすと、それに合わせて良一も唄う。

さびのある声で、節回しもよい良一の声はなんともいえない味わいがある。彼らしい柔らかな切ない唄い方は、いたわりの心を伝えてくれる。

雨はなおも降りつづけている。みどりは、「忘れないけど、許す」と蒸気で白く曇った窓ガラスに人差し指で小さく書いた。良一はそれを掌で消し、その横に大きく「忘れろ」と書いた。

横殴りの雨が降りしきる窓の外は薄闇だった。泥の中から浮かびあがるかのように、白いはすの花と、さっき新聞で見た白菊がみどりの瞳の奥で揺れていた。

ことのは　踊れ

パソコンのキーボードに【はれ】と打ったら、何と【腫れ】と出た。このパソコンは人の心も読みとるのか、鏡の機能もあるのだろうか。

歯茎《はぐき》と顎の痛みをともなう骨膜炎が慢性化し、抗生物質も効かなくなってきたようだ。

小川みどりは数行の日記を書きおわると、島田市要約筆記サークル『たんぽぽ』の講座のチラシ案にとりかかった。

【にちじ】としたら【ち】の字が抜けて【虹】と出た。

『六十の手習い』のパソコンはみどりの思い通りにならず、機械に嘗《な》められながらも何とか仕上がった。プリントアウトしていると、カーテンが揺れ、目に優しい早緑《さみどり》の風がはいってきた。

「いつまでパソコンにへばりついているんだ。俺がそのあと使うから、電源はそのままにしておいてくれ」

苛つきを含んだ夫の良一の声がした。

「ちょうどよかった。これを見て、みて。このチラシを民生・児童委員の地区会で配って、受講をお願いすることになったの。まだ、案の段階だけどね」

福祉課に出す前に良一に見せて、関所を通りぬけなければならない。彼は民生・児童委員をしている。

「ビデオも体験発表も筆談体験もいらん、委員は忙しくてそんなことに時間をとれない」

案と書いてあるのに、チラシをろくに見ないまま頭ごなしにどなられ、みどりの髪は逆立った。

「川根のような山奥で講座なんかして、人が集まるわけないだろう。ひとりも来ないのが目に見えている。やめろよ」

こんどは顔につぶてがあたる。

「会場は福祉課の小谷さんがすでに手配してあるし、これは市の委託事業としてやる義務があるの」

「講座などやらなくても、そんなもの十分間の説明のみで終わることができるだろ」

「そんなものとは、なによっ」

「今までの地区会では団体の説明は五分くらいだった。そんなに時間をさくのは異例なことだ。福祉課に確認してみろ。また聞き間違えたんじゃないのか」

三本の矢ならぬ三つのつぶてが、おたふく顔にもろに突きささる。

みどりは小谷さんあてに、パソコンのキーボードをやけくそのように叩く。キーボードにあたることもないのに、大人げない。

【要約筆記サークル『たんぽぽ』代表　小川みどり様

メールをありがとうございました。

民生・児童委員会会長、および、各地区長から平成二十七年度の十一月の講座の実施と、六月からの地区役員会での講座PRの了解をいただいております。

日程表はデータでは送信できませんので、福祉課窓口までおこしねがいます。

なお、説明のお時間ですが、十分としたのは、時間が短くなるのはかまわないので『たんぽぽ』さんに余裕をとの思いです。

平成二十七年　五月二日　　島田市　福祉課　　障がい者支援係　　小谷】

いつもは、役所仕事特有の対応の鈍さに、どなり込むとはいかずとも窓口に出向いて尻を叩くのに、〝すぐやる課〟の如く小谷さんから返信があった。

静岡県内には各市町に十五のサークルがあり、それぞれにサークル名がつけられていて代表のもと地域で活動してきたが、ここ数年で十サークルまで減った。『たんぽぽ』は、どん尻の十五番目に創立したサークルだ。

福祉課窓口で虫メガネがなければ見えないような日程表を小谷さんから渡され、購入したばかりの遠近両用眼鏡をかけた。

島田市には紫乃《むらさきの》、橙川《だいだいかわ》、緑山《みどりやま》、黄金《こがね》、青井《あおい》、藍沢《あいざわ》、赤羽《あかはね》と七つの地区会があるが、同じ日に地区会を開催するところでは会場の距離が離れていて、通勤時間と重なると渋滞の心配もありそうだ。

さいわいなことに、川根の赤羽地区だけは単独日程だった。

「会員で平日に動けるのは、筆記者の林と、難聴者の原田と小川のみですが、原田は後期高齢者ですし、田村も動けますが市議会もあるので、同じ日に開催する地区会の場合でも二手には分けられません」

啓発講座などの活動は国の法律で決まっていて、各自治体の必須事業である。それを『たんぽぽ』が委託されている。そんなに低姿勢になることもないのに、みどりはおそるおそる尋ねる。お上の前に庶民がひれ伏すのは、古くからのならいだろうか。

「遅れた際は他の団体が先に発表するので大丈夫です」

眼鏡ごしの瞳は晴れやかに笑ったが、なぜか〝冷たい〟という印象をあたえる。

みどりの携帯メールから軽やかなメロディーが流れる。遠慮がちに画面を見てから、目を戻す。

「原田さんからです。なんだろう」

彼からのメールはめずらしい、思わずつぶやきが口からもれた。

「どうぞご覧になってください。私はこの資料をコピーしてきますから」

小谷さんがおもむろに立ちあがる。

【私も民生・児童委員の地区会にいきまーす。よろしく。原田】

お孫さんに手伝ってもらったのか、絵文字のメールにゴマ塩頭の原田さんを思いうかべ、頬がゆるむ。


紫乃地区は島田市役所の会議棟の二階、C会議室だった。

会議室の壁寄りには、L字型のふたり用のソファがあり、原田さんが座った。みどりはその横に配布資料のはいった大きなバッグを置き、壁にもたれ中庭に視線を落とした。糸を引くような驟雨《しゅうう》の向こうに、紫陽花《あじさい》が花をつけている。薄紫のみずみずしい色に、眼と心が和らいだ。福祉課だけでなく、民生委員までまきこんで、どんな展開になるだろうか。そんなためらいがしつこい汚れのように胸にへばりついていたが、ここまで来たのだ、やるしかない。みどりは姿勢をただし、ソファに戻りチラシをとりだす。

社会教育課のネームプレートをかけた女性が、

「『たんぽぽ』さんのあとに発表しますが、要約筆記ってなんですか?」

と、のぞきこんできた。

「耳の不自由な方に、その場の会話の内容を要約して伝えるものなんです。手話はよく知られていますが、要約筆記はなかなか世間に知ってもらえないんです」

長い手足を持った林さんが、身をのりだす。

あとを引きついで、みどりが口をひらく。

「サークルも十年目で、毎年開催しているんですが。どうでしょう、講座に参加していただけませんか。民生委員対象ですが、市の職員、一般の方も募集していますから」

「みどりさん、〝ノートテイク〟をするから原田さんの横のバッグを持ってちょうだい」

林さんの口と手が同時に動き、バッグをみどりに渡すと原田さんの隣に座り、バインダーを膝の上にのせてペンを滑らせはじめた。バインダーには、パチンコ店の広告の裏がはさまれている。白くて紙の質がいいので書きやすく、エコにもなる。

〝ノートテイク〟とは、耳の不自由な者のすぐ隣でその場の会話などを紙に書いて伝えるもので、最近は紙に代えてパソコンの使用も多くなった。学生が、耳の不自由な友人に、講義の内容をノートに書いてやる方法などだ。

原田さんはそれをながめ、ふんふんとうなずいている。

「かすかに声が聞こえる。もうはじまっているのかな」

筆記者の林さんがつぶやくと、女性は壁に耳を傾け、

「そのようですね」

と言った。その会話も膝の上で踊る。みどりには扉の向こう、壁の向こうの音は聞こえない。原田さんはその二人のつぶやきすら、聞こえない。広告の裏が彼の情報となる。

小谷さんが片手に資料を抱え、ヒールの靴音高らかに階段をのぼってきた。黒縁《くろぶち》の眼鏡に生成《きなり》のジャケット、黒の細身のパンツが似合い、こんなに美人だったかとみほれた。

前の団体の発表が終わり、次は『たんぽぽ』だ。

小谷さんがドアノブに手をかけ、ドアを細めに開けた。澱んだ風がむわーっと頬をかすめ、嫌な予感がした。部屋の中では委員がコの字型に座っていた。前方が会長と司会者だろうか。

扉近くの後方の席にそっと歩を進める。どうも前任者はここで発表したようだ。

小谷さんがチラシを配り、硬い表情のまま自己紹介したのが気になり、話を振られたもののどのタイミングで口を切ったらいいのか迷う。見たことも、聞いたこともない団体が何の用だ、貴重な時間がもったいない、早く失せろとばかり、配ったチラシを早々としまう者、あさっての方を見ている者、席の位置でしかたがないだろうが、背中で聞いている者のなんと多いこと、ここの委員はみな上から目線でみどりたちを見ていた。これで民生

委員がつとまるのだろうか。だが、他人のことは言えまい。良一だって委員だ。

「紫乃地区は、口うるさい民生・児童委員会会長が牛耳《ぎゅうじ》ってるからな。まずはお手並み拝見」

家を出る前に良一がつぶやいたことばが耳もとでよみがえる。会場を見まわすと、伊勢神宮遷宮参拝で顔見知りとなった委員がいて、やんわりと視線をなげたが、目をそらされた。熱意をこめて語るほどに、怖くもなっていた。もし受講生が集まらなかったら、失敗したらと考えると、めまいさえしてくる。こうなるとみどりの自慢の舌がどうしてか滑らない。最後までお通夜《つや》のような地区会だった。

「出だしがこうじゃ、先が思いやられる。林さんが原田さんに〝ノートテイク〟をしているところを見せた方が効果的かな」

みどりは鉛の鎖を引きずっているみたいな足をむりに前に出しながら、思いついたことを口にした。

「そうだね。そうしよう」

林さんは目を輝かせてみどりの言葉をバインダーに書いた。それを原田さんに見せる。

「わしもその方がいいと思う」

原田さんが答える。

「それともう一つ、チラシは先に配るより、後にした方がいい」

林さんがめずらしく強く言い張った。

「チラシは先に配った方がいいと思う」

みどりは林さんに反論する。

「チラシを先に配る方がいい？　それとも後？　原田さんの意見は？」

と、さっとその言葉をメモして原田さんに見せる。

「わしゃ、どっちでもいいがな」

「小谷さんは？」

みどりは小谷さんに訊ねた。

「このような会ではいつも先に配布しています。なので、小川さんのご意見が妥当かと」

どこに入ったかわからないような昼食をとり、午後は島田市の中核で大所帯の、橙川地区だ。七つのテーブルに七、八人ほどが、ホワイトボードに書かれたテーマにそって顔をつき合わせていた。しばらく部屋の隅でその光景をながめていた。会場が大会議室ということもあるだろうが、ゆったりというか、ほんわかした空間は、心に刺さった鉄の棘をゆるゆると鎔《と》かしていく。

発表となった。委員の視線にもあたたかみがあり、タイミングよく相槌《あいづち》がはねかえってくる。こうなったらしめたもの、マイクを持ったら離さないみどりの真骨頂で言葉も踊る。何より小谷さんの、出だしが絶妙だったのが、流れにのった。作戦の練り直しは成功した。まずは原田さんの存在を見せてから、林さんが〝ノートテイク〟をする、その必要性をみどりが伝える。反応を感じた。これでいこう。鉛の鎖は少しほどけた。

外へ出ると、いつの間にか雨はあがっていた。西の空は、熟したマンゴーのような色をしていた。まわりの空気を甘くさせるような光が、みどりたちの顔を照らしていた。

街中を離れるにつれ、空気のにおいが違ってくる。

翌日の緑山地区は、梅雨の晴れ間の貴重な青空が、田に張られた水に映り、早苗《さなえ》がさわさわと風に揺れていた。

先ほどからずっと気になっていた、シルバーヘアの司会の顔に見覚えがあるのだが、思いだせない。向こうも気づかない。自己紹介となり、司会と目が合い、お互いを認識して目くばせする。彼女はかつての文芸仲間で、年賀状交換だけはしていたが、会うのは二十数年ぶりだった。

「朝早くから、また田植えの忙しい時期にお集まりいただき、ありがとう」

地区長のあいさつに、窓の向こうに広がる緑のじゅうたんに目をなげる。つがいだろうか、二羽のつばめが水田すれすれにとんでいた。

長方形型に机が置かれ、発表者は後部座席だった。なのに、背中向けの席の委員も、部屋の片隅で発表するみどりに体を向けてくれた。背中だけを見て発表するのはむなしい。いい雰囲気だったが、質問に答えようがない場面もあった。というより、三人ともこのような場にまだなれていないのだ。そこは、小谷さんの出番である。颯爽《さっそう》と額にかかる前髪を手ぐしでかき分け前に出る。肩までのさらさらの髪が眩しい。

この部屋は音響効果が悪いのか、それとも言葉が不明朗な人が多かったのか、さすがの林さんもよく聞きとれず〝ノートテイク〟はお手上げだったようだ。

みどりの高性能をほこる補聴器でも荷が重かった。言葉が脳に届かないのがくやしいが、それは己の脳細胞がこわれているからであって、決して聴細胞のせいにはできない。

「皆さんできるだけ参加してください。申し込みは今日でもいいですか？　私は書きましたが、どなたにお渡ししたらよいですか？」

司会のことのはがふわーっと膨らみ、委員の頭の中に入っていくのをみどりは見た。

「ありがとうございます。小谷さんにおねがいします」

午後は街中にもどり、黄金地区、敬遠したくて気が重い。どんよりと昏《くら》かった紫乃地区と同じ会議棟、C会議室が会場だ。

ホワイトボードの上の壁に、横断幕のようなものが掲げられていた。民生・児童委員の信条が箇条書きになっている。そういえば、今日は当番なので早く行って設置すると良一が言っていた。戦前でもあるまいし、みな何も思わないのだろうか、非常勤の特別職地方公務員だからだろうか。

目が良一を追っていたが、死角にいるのか見当たらない。目を泳がせるのも見苦しいので視線を地区長と司会者に戻すと、見慣れたシャツと白髪交じりの頭が目の端に入った。

――いつの間にこんな頭になったのだろうか、もう、七十歳だもんな。

「席が二つしかないので、林さんと原田さんが先に行って座り、私と小川さんはその横に立っていましょう」、小谷さんが小声で言った。

社会教育課の二人が地区長と司会の隣にいる。あそこが発表場所なんだろうか。

『たんぽぽ』の番になった。壁と机の隙間は人ひとり通るのがやっとで、三人はすんなり案内された席まで行ったが、脂肪《しぼう》を蓄えたみどりは壁と机に行く手を阻《はば》まれ、蟹歩《かにある》きとあいなった。

みどりから数えて右側三人目が良一らしく、白髪頭が右目の片隅でちらついていた。ここの地区会は地元なので、顔見知りが多くいた。もっとやりにくいかと思っていたみどりだったが、さほどでもなかった。なのに、手が震えるのはなぜだろう。講座の対象を民生・児童委員にという案は『たんぽぽ』会員や福祉課から毎年出たが、良一が委員をやめてからと、みどりが代表の権限で延《の》ばしていたのだ。

「講座は一回ですか」

「はい、一回です。『たんぽぽ』の少ないメンバーではこれがせいいっぱいです。ですが他の市町では三回のところもあります。昨年は午前、午後に分けて一日かけて講座をしましたが、民生委員の方々はお忙しいと思い、できるだけコンパクトにまとめました」

「この講座のあとが問題だよね」

　地区長の質問の意図がわからない。えっ、何が問題、その問題がわからない。みどりも林さんも凍った。小谷さんさえも、まとはずれな回答をしたようだ。

「委員はセミナー講座なんかがたくさんあって、地区ごとに割り当てがあり、それに参加すると、その後がまた忙しくなる。ただでさえ忙しいのにそんな時間などない」

　帰宅後、良一は泥を貼りつけたような顔で、ハエでもおっ払うようにチラシを振った。

　青井地区での講座説明会は九時からだったので、八時前には家を出た。熟睡しているつもりなのだが、瞼が朝から重い。頬の痛みもあり、少し腫れているようだ。

会議室のテーブルには昔懐かしい大振りの急須が置かれ、委員たちには寿司屋にあるような湯飲みに新茶がそそがれていく。みどりたちは流れてくる香りをかぎ、湯気をながめているだけだった。発表を林さんと原田さんに担当してもらい、何とかその場をしのいだみどりは、二人より先に駐車場に向かった。

花壇には蕾をたくさんつけたタチアオイが、空に向かって伸びていた。

「みどりさん、よかったなぁ。今日は四人も申し込んでくれたみたいだなぁ」

後ろから声がしてふりむくと、少し前屈みで歩く原田さんが、小走りでかけよってくる。首にかけた〝耳マーク〟のカードが左右に揺れている。カードには「耳が不自由です、筆談してください」と書かれている。〝耳マーク〟とは、耳が不自由ということを知ってもらうために考案された、全国難聴者協会のシンボルマークだ。

原田さんの背後に林さんのえくぼ顔が見えて、それがだんだん近づいてくる。重かったみどりの瞼がひらき、脳が回転しはじめ、公用車に向かおうとする小谷さんを呼びとめた。

「本日までに何人申し込みがありました？」

「ちょっと待ってくださいね。今のところ十四人ですね」

小谷さんはクリアファイルに目を落とし、きわめてクールに答えた。

茶畑の上空には、ドン・キホーテの風車を超小型にした扇風機がクルクルまわっていた。刈りとられたばかりの茶畑は、午後の陽ざしを浴び、こげ茶の枝がむき出しで、これから出荷を待つ茶葉などが、同じ緑でも微妙なグラデーションを織りなしている。黒い網をかけられたところは最高級茶だろうか。なだらかな傾斜地に、見渡す限り続く茶畑は今が旬だ。その向こうには、薄衣をまとった富士山がそびえている。

藍沢地区の会場に入ると、懐紙の上に菓子がおかれた席に案内され、座るとお茶が運ばれた。地区長は禿げ頭で苦虫を噛み潰したような顔の、プロレスラーと見まがうほどの体格だ。ボディガードにはなるだろうが、民生・児童委員というタイプではない。

茶どころ島田市でもここの茶葉は最高級だ。目と喉とは茶をほしがっていたが、手が前に出ない。少し口をつけ、お世辞を述べた方がよいかなと頭の隅では計算しているのだが、空手チョップをくらいそうで目をふせていた。

「定員三十名の意義は」

「過去七回の講座で、人集めに苦労しており二十名がやっとの状態でした」

「民生・児童委員は島田市内で二百名近くいるので、半数としても多いので会場が溢れるのではないですかね」

そんなん、夢物語じゃん、と思ったが、まん丸い顔をよりまん丸くして、

「ぜひとも、藍沢地区の委員のみなさま、全員受講ねがいますね」

と、殺気だったプロレスラーには視線を素通りさせて、会場をくまなく見まわす。だいぶ度胸がすわってきた。

「今は六月ですし、講座は十一月なので出欠についてはまだ何とも言えませんが、要約筆記のことがわかる講座ならば、行事を調整させたいと考えています」

艶《あで》やかな虹色のサマーセーターがひときわ目立つ、五十代前半くらいの知的な眼差しの委員が、部屋に花を咲かせてくれた。彼女の背後には、茶畑が続き、雲の間から富士山が頭をのぞかせていた。

「十一月にやる講座なのに、何でこんなに早く案内を出すんだね。民生・児童委員は忙しいのであまり早くに言われても忘れてしまう」

素通りされて面白くなかったのか、プロレスラーが腹の底からどすの利いた声を発した。

「はい、委員さんたちがお忙しいのは重々承知しております。ですから、早めに案内を出し、手帳に予定を記載していただくためです」

みどりの脳裏に、会合のたびに小さな冊子でもできそうなほど送られてくる各団体からのセミナー開催のチラシが、良一の机の上に重なって忘れ去られている光景が浮かんだ。

講座主催者が地区会に直接足を運び、受講をうながせば、出席できずとも二百人近くの委員に要約筆記を知ってもらえる、とふんだからだ。

「『たんぽぽ』さんは、島田市内の民生・児童委員の地区会すべてまわったんですか？」

司会がそれをつなぐ。

「はい、六月二日、三日、五日に午前、午後と一ヶ所ずつ、明後日の川根の赤羽地区が最後となります」

林さんがペンを置いて、なめらかに答える。会場がざわめく。

「へーっ、あんな遠くまで」

と、聞こえた。

その夜、良一に受講生数を問われた。

「ほうっ、そんなに集まったのか。その倍にはなるな」

樹幹の先で枝分かれしたヒノキが、互いにもたれあって揺れている。

車はあえぐように山道を登っていく。右手の斜面には杉、ヒノキなどの林や竹やぶが続いている。雑木林をぬうように小川がさらさら流れ、林床には季節外れのシャガが咲いている。しばらくすると、ヤマアジサイの群生が目にとびこんだ。シイタケのホダ木には、カラス除けの網《あみ》がかけられていた。左手には沢があったらしく、水こそ涸《か》れていたが、わずかに残る石垣がそれをしのばせている。

日当たりのよいところにでると、かりとられた蒲鉾《かまぼこ》型の茶畑が、散切《ざんぎ》り頭みたいに広がっていた。登りきってまた、山道をくだる。

ホタルの里の看板を過ぎ、橋を渡った先に大きな建物が見えたが、高齢者施設だった。赤羽地区の会場は山間交流センターだ。林さんの車にナビはついていない。途中まであった、あと何キロとの案内板も見あたらない。速度を落としていると、乗用車が猛スピードで追いこしていった。

「この車も山間交流センターに行くのかも。ついていこう」

林さんは自信ありげにハンドルを握ったが、いつの間にか前の車を見失ってしまった。

小谷さんとの約束の時間まで、あと数分しかない。福祉課の資料の中には、山間交流センターの連絡先電話番号だけで局番はない。背丈ほど伸びた草むらに、頭から突っ込み車を止め、林さんが携帯から電話をかけたが応答がなかった。

「林さん、ここは島田市の局番ではないでしょ。金谷か川根の局番だと思うよ。それより戻ろうよ」

みどりは息苦しくなり、窓をほんの少し開けると、草いきれと獣の臭いが一気になだれ込み、あわてて閉める。平成の大合併で、金谷町と川根町は島田市となったのだ。苛立ちをふくめていうと、トラックが横を走りぬけていった。

「やはり、向こうかも」

どこ吹く風で聞き流した林さんは、ますます自信をもったようだ。くねくねとうねる細い山道を、車は豪快に登っていく。若いころは教師を短期間ながらしていたというが、おっとりしているのに、頑固さはみどりに負けず劣らずだ。

暗緑のトンネルが果てしなく続き、獣道に分け入っていくようだ。みどりはきっぱりと言いきった。

「山間交流センターは人のいるところにあると思う。こんな獣が出てくるような所にあるはずがない」

「もう少し向こうに行ってから」と林さん。

ここまで来たら、運転手にさからってもしかたがない。

「わけいっても／わけいっても山だね。山頭火だね」

笑いあっている間はよかったが、道はだんだんと狭くなりライトが必要になった。雑木林と熊笹《くまざさ》の生い茂る藪《やぶ》が不気味に揺れた。黒い物体が目の前を横切り、崖下《がけした》で立ち止まって漆黒《しっこく》の瞳でにらみ、雑木林に消えた。

「カモシカだっ」

クマやイノシシでなく、胸をなでおろす。

やっとUターンしてくれ、しばらくはしると山間交流センターまで一、二キロとの指標が竹やぶの隙間から見えた。

「あった、あった。林さん、こっち、こっち。さっきは気づかなかったのにねえ」

民家が立てこんでいる向こうに運動場のような広場があり、樹木が周囲を覆っている学校みたいな建物が見えた。

「ここ、ここじゃないかな」

みどりはそうつぶやいたが、車は止まらない。路地から野良着の老婦人が鍬を手に出てきたので、速度を落としてもらい、窓から首をのばして問う。

「すみません。山間交流センターはどこですか？」

「ここだよ」

と、すぐ横をさす。首をねじると、向こうに見える自然にとけこんだ看板らしきものには、たしかに山間交流センターと書かれていた。

玄関でスリッパに履きかえると林さんの携帯が鳴った。小谷さんだった。

「すみませーん。獣道に分けいってしまって」

携帯にペコペコしていたが、

「そうですかぁ。今、玄関ですから、これから向かいます。わかりました。二階の突き当たりですね」

と、頭をだんだん高くしていく。

「よかった。前の団体の話が順繰りに長引いて、いま終わり休憩時間だって」

携帯を閉じるパチンという音が、心地よくみどりの耳に響いた。


「やっとまわり終わったね。林さん、ご苦労さま」

「みどりさんこそ、骨膜炎もまだ治っていないのに、強行スケジュールをこなしてくれて。実は運転に自信がなかったので、どうなるか心配だったけどね」

雑木林からの心地よい風を受けて、林さんは軽やかにハンドルをきっている。終わってみれば、まだまわり足りないような、まだ話し足りないような思いがわいてくる。

「急須で入れてくれたお茶、あれ新茶だったね。お茶羊羹《ようかん》もでたし、有終の美だったね」

「やっぱさ、島田の旧市街地より、金谷や川根などの郊外の人の方が人間があたたかいね。原田さんが、今日だけ用事があって来られなかったのが残念だったねぇ」

林さんと原田さんは『たんぽぽ』の創立当時からの戦友だ。

『たんぽぽ』の名は、原田さんがつけたという。

「昔、たんぽぽは【つづみぐさ】と言ってな。鼓の草と書く。俺の好きな花だ。踏まれても、踏まれても逞《たくま》しく咲く強い花、県内のサークルのどん尻で立ちあげたサークルが、俺が生きている限り活動できるようにと願いをこめたんだ。俺のような人間は要約筆記が必要だ。それを世間に広めたい」

小鼻をうごめかしていた原田さんの嬉々とした顔が、フロントガラスの向こうに浮かんだ。

「ブオーッ」

窓を全開すると、腹の底から響くような汽笛が聞こえてきた。勢いよくけむりを吐いたSLが大井川の鉄橋を、黒い巨体をあえがせて渡っていく。

「トーマス号だね。二年前、孫たちとあれに乗ったことあるの。線路わきの人たちが手をふってくれて、皇族になった気分だったよ」

みどりは東京に住む孫たちにせがまれて乗ったSLを思い出しながら言った。

「孫はまだ赤ちゃんだけど、いつか乗るの楽しみっ」

初孫をさずかったばかりの林さんの声が、木漏れ日の中にすい込まれていく。河原にはむしとりなでしこが、ピンクのじゅうたんを敷いたように咲いている。斜面に並び立つ、樹と樹の間に見える寺、民家のいらかや壁が樹によってより新緑をましている。茶畑もあり、色とりどりの民家や建物の中にひときわモダンな建物が見えた。

「あっ、あれが『虹の郷』かな」

みどりが指さしたときは、樹の陰に隠れて視界から消えていた。

「講座の会場、今年はかなり遠いね。機材などの忘れ物はできないね」

林さんの言葉には重みがこもっていた。

「そうだね。これから、これからが勝負だね」

みどりは即座に答えた。

「ひとりでも欠けたら講座の運営はできないから、お互いに体調には気をつけようね」

健康優良児がそのまま大人になったような林さんも最近は「多病息災」のようだ。その言葉には強い決意が宿っていた。

野守の池のあのあたりには今頃、淡紅色の花をやや横向きにしてうつむき加減に咲く笹《ささ》百合《ゆり》が群れているだろう。種子から初めての花を咲かせるまで、七年以上の年月が必要という笹百合。昼間も百合特有のにおいがするが、夜になるとひときわ妖艶《ようえん》な匂いを漂わす。闇の中で月明りの下、夢のように濃くぼやけて浮かび上がるその姿、その対比がみどりは不思議でならない。

野守の池には、何かこの世のものと思えないような、別世界の空間があるような気がする。それが何かは、みどりにはわからないが。

ずっと先と思っていた講座までは一ヶ月をきった。

暗闇は人を不安にさせるのか、みどりはベッドで悶々としている。腫れはないものの、骨膜炎がまた再発して抗生物質と痛み止めでおさえていた。睡眠薬でもと起きてみたが、思い直し薬箱に戻す。

音響と受付担当がここへきて仕事で参加できなくなり、青くなったが、隣町から助《すけ》っ人《と》を頼んだ。また何か問題が出てくるような、いやな予感が背筋を這う。当日資料の次第で正式肩書名が間違っていると、小谷さんからもメールがあった。

夜になると『たんぽぽ』の世界から逃げだしたくなる。自分はいったい何をしているのだろうか。黙っていればわからないのに、なにゆえに自分の障害をこうまでさらけだすのだろう。

「母さんは補聴器さえしていれば聞こえるし、ふつうの人とかわらないのに、何でそんな活動をしているんだ。家のことをほっといて」

なにげなく言った息子のつぶやきが、地虫のようにジージーうなる。それらをはねのけ、起きて講座の準備、確認をするためパソコンの前に座るみどりだった。自分の中に分裂した二人の人間が棲んでいるようだ。

受講生は伸び悩み、定員三十名の大台にのせたいとのぞむみどりは、そう考える自分の心にも驚かされる。もしかしたら自分は、要約筆記者の世界に身をおきたいのかもしれない、その思いが駆りたてるのだろうか。しょせん無理なことなのに。

昼間の歯科医院での、四十年来の付き合いのある医師との会話を思いだす。

「みどりさんは身体を使いすぎている。もっと自分を大事にしないと。おいしいものを食べて、ゆったりと過ごせば骨膜炎は治るのに」

「おいしいものは食べているし、ゆったりもしていますが」

「身体は嘘をつかないよ。大事にしなさい」

おのれの実力以上のことをしているからだと思うが、走りだしたら止まらない性分だからしかたがない。雨粒が窓を叩きはじめた。パソコンの電源を落とし、寝室に戻る。

寝るときは補聴器をはずすため雨音は聞こえないが、大粒の雨の振動は体が教えてくれる。それがむしろ、聞こえるときより恐怖を増す。あわてて、枕元にある補聴器をつける。

最近の雨はこわい。バケツをひっくりかえしたような雨がおちてくる。昔のように風情のある雨粒ではない。一種の凶器でもある。集中豪雨の映像を脳裏に浮かべる。もしこのような雨の場合、講座は中止させるのだろうか。その判断は自分なのか、それとも委託先の市なのか。まして会場は、市街地からかなり離れた山あいにあり、土砂崩れの心配もある。

『たんぽぽ』の機材一式は、福祉センターのボランティア室のロッカーにはいっている。良一は人手の足りない『たんぽぽ』の運搬専用のお抱え運転手で、昨日から太ももに痛みがあるらしく、雨模様とあって不機嫌さが助手席からも伝わる。

講座は午後からだが、準備、リハーサルの時間を考え、午前九時前にはセンターを出発する。『虹の郷』にスタッフ全員、十時集合だ。

福祉センターのロビーで待っていた原田さんが、ボランティア室の鍵をみどりに渡し、

「台車をたのんであるから、それを借りてから部屋に行くよ」

と、泳ぐように道具室に向かった。

部屋はすでに開いており、スクリーン、磁気ループ、OHC、OHP、プロジェクターが一ヶ所にまとめてある。原田さんが用意してくれたのだ。

青いビニールシートを二枚持ち、良一が来た。机に広げ、その上にスクリーンをのせ、ガムテープで留める。そのあいだに、みどりは小物類を確認していた。

「遅くなってごめん、ごめん」

林さんが準備品の書かれたメモをもち、部屋に入るやいなやチェックしはじめた。みどりはあわてて、大事なメモの入った自分の資料をとりに車に戻る。気が動転している。本日の占いは、どれも凶の卦だったのを思いだし、気をひきしめる。

林さんの顔もひきつり気味だ。きっと、みどりも彼女以上に頬がこわばっているだろう。台車のガラガラという音が近づいてきた。大きな機材などは良一の車に、小物は林さんの軽自動車に積みこんだ。

山あいに近づくにつれ、雨が降ってきた。紅葉に彩られた山を、霧のような雨がしっとりと濡らしている。それをながめながら、みどりは波立つ心を鎮《しず》めようと、大きく深呼吸をした。


会場の視聴覚室にスタッフ全員が集まったところで、直前スケジュールを渡す。

「ビデオデッキが入らない」

音響担当が事務所に走り、デッキをかえると何とか映像が入ったようだ。

「みどりさん、司会用の演台は？」

ビデオの映像の映りと音を確認しているみどりの背後から、田村さんの切迫した声がささった。

「あっ、ごめん。すぐ手配するから」

耳ざとい林さんが内線電話に向かう。

「この会館のどこかにきっと司会用の演台があるから、それをもってきてもらって」

田村さんの声が追いかける。彼女は『虹の郷』の常連だ。舞台中央には演台があるが、それは講師用となる。どうして気づかなかったのか、みどりは自分のうかつさに呆《あき》れる。

あいている演台はどの部屋にもなく、職員が地下の倉庫から時代物の演台を視聴覚室の前まで運んだ。それを良一が田村さんの指示に従い、レイアウトした。

原田さんは、黙々と会場の床に〝磁気ループ〟をはりめぐらせつつ、その上に養生テープを貼りつけていく。〝磁気ループ〟とは、聴覚障がい者の補聴器を補助する放送設備のことで、磁界を発生させるワイヤーを輪のように這わせるものだ。国際的には〝ヒアリンググループ〟という。

「マイクの音が入らない」

マイクテストをした講師の香川さんから苦情があがる。彼女は人工内耳装用者である。

磁気ループ用デッキにはマイクが一つしかない。これは、補聴器や人工内耳装用者がTコイルにきりかえることによって、耳もとで音がより明瞭に聞こえるものだ。それが入らないとは。会場には通常のマイクしかない。

「じゃあ、マイク係を間におくことにしよう。マイク係は臨機応変にたのむね。それと、情報保障の筆記者の皆さん、『速く、正しく、読みやすく』スクリーンに書いて」

香川さんは柳のような眉をひそめた。彼女には磁気ループ用のマイクが必需品なのだ。

「あーっ、筆談体験に必要なサングラス、忘れたっ。どうしよう」

今度は林さんの悲鳴が響いた。

みどりがはじめて要約筆記というものを知ったときは、映写機はＯＨＰだった。目を保護するために偏光グラス、つまりサングラスが必須で、筆記者七つ道具のひとつだった。最近はＯＨＣ（オーバー・ヘッド・カメラ）となり、死語ならぬ死具になっていた。『たんぽぽ』の筆記者は林さんひとりである。彼女は、要約筆記者必須の七つ道具の入っている帆布《はんぷ》のバッグに手を突っ込んだ。

「あった！　もうひとつ」

筆談体験は講師の香川さんと助手で、ＯＨＰを使用してデモンストレーションをする。林さんは、サングラスを高々と上げながら、目は次の決定を待っている。みどりの脳裏に、ボランティア室のロッカーの道具箱の隅で、忘れさられたようにほこりをかぶっているサングラスの予備が浮かんだ。

「置いてある場所わかるね。手のあいている人、ひとっ走りでボランティア室に行って」

手のあいている者などいないのに、みどりは会場内に反響するような声をあげていた。

「自分が行こうか。ただ、どこにあるかわからないので誰かついてきてくれ」

その空気をやぶるように良一が走りだす。原田さんがその後を、がに股で追う。

資料、次第、準備品の書かれたものがむなしく床に落ちた。往復が、とてつもなく長い時間に感じられる。

「小川さん、また欠席の連絡がありましたよ」

小谷さんが他人事のようにのたまいながら、視聴覚室に入ってきた。市の委託事業で『たんぽぽ』が企画運営なので、協力してくださいよと、喉元まで出かかる。そんなみどりの心を読みとったのか、

「あいさつは主任でなく、課長がすることになりましたから」

と、言葉をつなげた。

田村さんは、次第とシナリオの訂正をする。四人の要約筆記者にはみどりが伝えた。

五十人収容の会場に三十人、スタッフを入れても四十人、ほどよく収まるだろう。

「みどりさん、〝磁気ループ〟の説明をはじめにした方がいいのではないかしら」

渡されたシナリオに目を落とし、香川さんが言う。

「昨年も林さんの講義にいれたし、受講生に何かなと考えさせる意味合いもあり、はじめの説明はなしとしたんだけど。どうしようか？」

スタッフを見まわすが、誰も口をひらかない。

「自分がさくらになって、これは何ですか？　と、質問しようか」

いつの間に戻ったのか、良一の声がして振り向くと、原田さんが間に合ったぞとばかりにサングラスを頭の上でブンブン振りながら近づいてくる。良一の太ももは大丈夫だろうか。会場の隅に置かれた司会用の演台をひとりで運び込んでいる様子では、そんなそぶりは窺えなかった。


交代で昼食をとる。

原田さんのポロシャツは汗で世界地図が描かれていたはずなのに、いつのまにか格子柄のシャツに着替えていた。良一の下着も汗だくだったろうが、シャツの上にジャケットをはおり、どこから見ても民生・児童委員さまになった。締め切り間際に申し込んだ三十人目の受講生は良一だった。きっとみどりが寝言で「大台、大台、三十人超え」とでも言っていたのだろう。

みどりもカーディガンを脱ぎ、紺のスカートの上に、襟を立てたこの日のための紺のジャケットを着て、丸い背中をのばす。占いでは、茶とか黒のジャケットは勝負色だが、紺は運気を逃がすとあったのが気になる。そのようなときは、赤かオレンジの明るい色のスカーフをするとよいとあったが、パンティは開運の赤、さて本日の運気はいかに。

視聴覚室は角部屋だった。

リハーサルを終え、カーテンを開けると、仕切りのない大きな窓の向こうにはパノラマが広がっていた。空模様がめまぐるしくかわり、真っ白な深い霧がときおり山肌を覆い隠していた。視線をわずかに下げると、野守の池にはさまざまな水玉ができては消え、できては消えている。それが池のふちに寄せてはかえしていた。

「夢窓国師さま、野守太夫さま、無事に終わるよう見守ってください」

野守の池には京のお坊さんだった夢窓国師と、島原の野守太夫の悲恋物語がある。みどりは目に見えぬ何かにすがるように、心の中で手を合わせた。

「お時間になりましたので啓発講座をはじめさせていただきます。司会の田村でございます。この講座は、島田市より委託を受け『たんぽぽ』が企画運営をしてきました。一般の市民、市の職員、市民病院職員、昨年は聴覚障害手帳保持者とその家族を対象として実施してまいりました」

現役市会議員でもあり、女性副議長もしてきた田村さんの司会は流麗に進む。いつもは早口なのだが、別人のように、眠くなるほどゆっくりだ。彼女なりに難聴者、筆記者に気をつかっているのだろう。スクリーンを見ながらなので、ゆっくりすぎてこれではタイムスケジュールどおりにはいかない。言うべきか、言わざるべきかと迷っていると、林さんが携帯ホワイトボードに「スクリーンを見ないでください」と書いた。ボードを見た後の田村さんのスピードは鈍行から新幹線になり、課長あいさつにつなげた。

まず、ビデオ鑑賞、その後原田さんの体験談となる。

難聴啓発のための映像、半世紀前に編集された『今　気づいてほしいこと』が映しだされる。

「私は四十代なかばに難聴になりました。補聴器では聞きとれずに人工内耳の手術をして聴力は戻りました。器械をはずせば自分の聞こえは一〇五デシベル。全くのろう者となります。私のような年寄りは、手話はわからないし、覚えられません。なんども聞きかえすと嫌な顔をされます。電話にでることができませんし、電車内の放送もわかりません。車が後ろから来ても、目前に迫らないと気づきません」

とつとつとかみ砕くように、原田さんは語る。

〝人工内耳〟とは、補聴器では聞こえない両耳とも九〇デシベル以上の重度難聴の者が、頭蓋骨に穴を開け、インプラントを耳の後ろに埋め込み、内耳の蝸牛《かぎゅう》に挿入された電極から直接神経に電気刺激して音を伝えることで聞こえをとり戻す治療法である。

頭蓋骨に穴を開けると聞いたとき、みどりは震えた。

あれはいつだったか、大井川の川っ風が窓をたたき、風花が踊っていたから忘年会だったろうか、あるいは新年会だったか。

「ダイヤモンドを埋め込んだドリルで、耳の後ろから蝸牛を目指して穴を開けるんだが、蝸牛は側頭骨《そくとうこつ》の中で錐体《すいたい》という人体の中でも最も硬い骨に囲まれているんだとさ。造船所で鉄板にドリルで穴を開けたことが、何とはなしに手術前に思いだされてな……」

騒音の中で船のエンジンを手がけていたという原田さんは、自分が造った船が世界の海を駆け巡ることにこの上ない喜びを感じていた。

原田さんの片頬に、一瞬、翳《かげ》がかすめたと感じたのは気のせいだっただろうか。

みどりも手術可能な聴力レベルだが、最新の補聴器の性能がかなり進歩していることと、わずかに残っている聴細胞にがんばってもらうことで、なんとか日常会話をこなしている。

より聞こえるようになりたいという思いもあるが、要はみどりに勇気がないということだ。

「すぐに聞こえるようになると期待していたが、手術後の一ヶ月間は傷がふさがるのを待った。もちろんその間はまったく聞こえず、〝音入れ〟を開始したものの、音は何とか入ってても言葉には程遠い。そうだなぁ、アヒルの声がまず聞こえたっけな。人間の声に慣れたのは一年くらいかかったっけよ。わしゃ、老いたとはいえ、最新のサイボーグ人間だな。かっこいいだろ」

黙り込んだみどりに、赤ら顔の原田さんはグラスを持ったままよろよろと立ち上がり、ポーズをとった。

「かっこいい、かっこいい。私だって補聴器で人間世界にかろうじて立っている、ハーフサイボーグですよう」

みどりがデジタル補聴器をはじめてつけたとき、自分の声に驚いた。まるでロボットの声というか、アニメのキャラクターの声だったからだ。器械に自分の聴細胞がなじむまで、二、三ヶ月かかった。

原田さんのぎょろ目が会場を巡回し、みどりの目と絡まり真正面に戻る。

「先ほどのビデオとまったく同じ経験をしました。病院の診察でのことです。先生や看護師が大声で話すので待合室に戻ると、みんなの視線をいっせいにあびて恥ずかしかったです。外出時はこの〝耳マーク〟を首にかけ、メモ用紙を常にもっています」

〝耳マーク〟は市役所、病院、銀行や信用金庫にはすでに置かれているが、息子が勤務している金融機関はまだだ。順調に出世コースを歩いているのに、母親がその妨《さまた》げになってはいけないと思い、うやむやにしている。そのくせ自分の診察券には耳マークシールを貼ったり、市役所には難聴者代表として交渉に出向く。なんともわけのわからない人間がみどりだ。

「難聴者に同情はいりません。理解してください」

原田さんは、こう締めくくった。

次は「静岡県人工内耳の会」会長の香川さんの登場だ。この講座の目玉である。男性の多い会場内から「ほーっ」というため息がもれる。面長でおっとりした顔立ちで、柳腰のしなやかな体つきをしている。品のよさを感じさせるのは旧家の生まれだからであろう。昔、お公家《くげ》さんの出身の女優さんがいたが、面差しなどが似ている。和服が似合いそうだが、本日のファッションは、ワイン色のベルベットのスーツで決めている。大井川の雲助《くもすけ》の末《まつ》裔《えい》のみどりとは、顔も体つきも大違いだ。

「子供を産んでから、補聴器を使いはじめました。平成のはじめに右耳、それから十年後に左耳もまったく聞こえなくなり、人工内耳の手術をしました。無音の世界は本当に怖かったです。目や体の不自由な人は外見でわかりますが、難聴者は周りにわかってもらえず苦労します。聞こえずに責められ、誤解されるのですね。自信がなくなり、人と会うのを避けるようになります。ならば、皆さんは難聴を告白すればよいとお思いでしょうが、とても勇気がいるんですね。ひけめ、恥ずかしさなど……」

さっきの〝耳マーク〟のことと重なり、みどりは遠くを見る目つきになった。

あれは息子が小学四年生のときだった。子供部屋を掃除していたみどりは、机の上の原稿用紙『ぼくのお母さん』という作文にくぎづけになった。『耳』という字が目に刺さったのである。おそらく宿題を終えて遊びに行き、後でみどりに見てもらうつもりだったのであろう。見てはいけないという思いも心の片隅にはあったが、手は原稿用紙をつかんでいた。

『ぼくのお母さんは二階にいると、下でお客さんがきても、玄関の電話がなっても聞こえないらしく、ぼくが教えてあげます』

とうとうきた。このときが、いつかはくると覚悟はしていた。息子の担任はみどりの高校の後輩である。知られたくないという思いがまさった。遊びから帰ってきた息子に、みどりは、胸にため込んだ思いを淡々と口から出した。

「お母さんね、ちょうど僕くらいのとき、顔にいぼっていう吹き出物ができて、女の子だから治してあげたいとおじいちゃんたちが相談して医者に行ったの。注射をお尻にして、いぼは治ったけど、耳が聞こえにくくなったの。薬害って言葉知っているかな、少し難しいか。薬はストレプトマイシンだったの。お父さんにもこのこと言ってないのよ」

言い終えたみどりの目から大粒の涙がこぼれ落ちた。

「ごめんなさい。知らなかった。書きなおす」

息子は泣きじゃくりながら原稿用紙を破いた。テーマも構成もよくまとまっていた作文だった。

「ごめんね。こんなお母さんで……」

子供から少年に変わる微妙な年ごろにさしかかった息子から、かすかに男の匂いが漂う。抱きしめながら、情けなさとやりきれなさが交錯した。

「僕に言うより先に、お父さんに耳のこと言った方がいいと思うよ」

息子は、書きなおした作文をみどりに渡すときに言った。だが良一に難聴を告げたのは、聞こえがどうにもならなくなってからだった。

「補聴器や人工内耳は完ぺきではありません。一、二メートルなら聞こえますが、騒音や車内、複数での会話は苦手ですので、口元を見せてほしいですね。話が通じると自信がつきますから。夜、人工内耳をはずすと無音となり、夫が話しかけても聞こえませんし、気配すらわからないです。目覚まし、雷、飛行機の音も聞こえません。でも、音を知らせる器具があります。この腕時計はデジタルウォッチで、ドアの音、ＦＡＸの音を振動で知らせてくれます」

香川さんは片手を上げ、時計を受講者にかざした。きゃしゃな手首には似合わない、大きな時計だった。

みどりも、補聴器をはずせば、わずかな音しか耳にはいらない。携帯の振動は弱くて気づかず、良一に起こされることもたびたびあった。尿意をもよおす時間を調整して目をさますようにし、起床時間が近づくころなどに携帯を握りしめ、カーテンをわずかに開けて朝日で起きるようにするが、冬場や雨の日は効果がない。

息子が乳児のころ、熟睡すると泣き声には気づかなかったが、母体とは不思議なもので、乳房がはり目をさますと泣きはじめるのだ。が、そんなときばかりではない。なんども良一の不機嫌な背中のひと突きがあった。夫が寝返りするたびに、ギクッとして目がさめ、動悸《どうき》がとまらず眠れなくなった。

「隣が火事でも、みどりは寝ているな」

良一が親族の集まった席で言ったときも、みどりは笑いとばしてごまかした。今まで何もなかったのは、奇跡としか言いようがない。

「こまるのはコミュニケーションがとれないことです。交流は生きることそのものなんです。災害や事故が一番の心配、聞こえないので自己判断がしにくいことです。〝障がい者台帳〟を皆さんは知ってますよね。障害の等級とか、配慮はなにかと問う記入欄がありました。抵抗はあったものの、守秘義務があるということなので安心して、正直に書きました。家に民生・児童委員が来て、人工内耳の事情を説明しました。何かこまったことがあったらと名刺を渡されましたが、名前と電話番号だけでＦＡＸ番号はありませんでした。電話ができないので相談はできません。紙とペンを持ってきてくださるとコミュニケーションがとれます。難聴者を情報弱者としないようにしてくださいね」

良一はどのような顔で香川さんの話を聞いているだろうか。講座の全体進行を担っているみどりは前のスタッフ席にいるので、受講生は見えない。背中に目があればいいのにと思う。香川さんの連れあいは、大学の教授ということだ。気難しい人間とのことで、彼女のここまでの道のりに、自分を重ねる。「みどりさん、ないものねだりしても仕方がないのよ。あるものをいかに最大限に生かすかにかかっているの」との香川さんからの忠告は、現実から目をそらしていたみどりの心を解かした。

「私や原田さんのような中途失聴者は、人生の途中で手足をもぎとられたのと同じです。が、外見ではわかりませんね。家族も隠したいと思っています。それを乗り越え、自ら名乗れるようになり、他の場でも伝えられるようになる。みずから障がいを言うのはむずかしいことです。また【聞こえている?】【わかる?】は問わないでほしい。聞こえていなくても【わかる】と答えてしまいますから」

聞こえないから不自由なのではない。ふと耳にするとか、小耳にはさむということができないから不自由なのだ。

「要約筆記を知っている、見たことがある方はどのくらいいらっしゃいますか? 挙手願います」

林さんが問うと、後ろで手を挙げたらしく、彼女が視線で追っている。

「五人ですね。まだまだ活動が足りないと反省します。要約筆記とは耳の聞こえない方、聞こえにくい方に、話の内容をその場で文字にして伝える通訳で、手書きとパソコンがあります。本日のような広い会場は、OHC・ノートパソコンを使って文字をスクリーンに映しだします。今、皆さんがご覧になっているのがそうですね。個人への通訳では、聴覚障がい者のすぐ隣で紙に書く、ノートテイクという方法もあります」

講師も板についてきた林さんと出会ったのは七年ほど前である。

みどりは社会人大学で創作を学んでいたが、還暦記念にとそれまで書きためていた作品を冊子にしてまとめた。あとがきに「聴覚に障害がある」としるした。みどりにとってそのことは、大げさでなく清水の舞台から飛びおりる思いだった。おおやけにすべきと背中を押したのは良一だった。それと並行して障がい者手帳の申請をした。赤い表紙の手帳をはじめて手にしたとき、もう自分は〝こちらの人間〟なんだと自覚した。

その頃、難聴者協会主催の講座の案内を新聞で見た。自分の中で何かが変わったのであろう、足はその会場に向かっていた。

福祉会館のドアがさっと開き、みどりを招きいれようとした。が、みどりの足は動かなくなった。足裏に根でも張ったかのように、その場にくい込んだ。きびすを返すこともままならない。

老人が大きな目を見ひらき、怪訝《けげん》そうに横を通りすぎていく。その人はごま塩頭に丸いマグネットのような物をつけていて、細いコードを耳穴につなげていた。その形は丸い輪のお菓子のようだった。あるいは荷馬車の車輪とでもいうのだろうか。

ふっと呪縛《じゅばく》がほどけ、何かに導かれるように、みどりは老人のあとについて行った。会場はほぼ満席だった。出口近くの隅の席に、小太りの体をできるだけ縮めて人目を避けるように座った。

こんなに難聴で悩んでいる人がいるなんて、自分だけではないんだ。耳かけ補聴器、耳穴式、黒やベージュなど丸い輪、形も色もさまざまである。それらが、各自の意思表示のあらわれにみどりは思えた。

スクリーンには、マイクを持った人間の声がそのまま映しだされて、まるで言葉が踊っているようだ。

「補聴器と人工内耳の方はTコイルにして下さい。この会場に磁気ループが設置されています。磁気をとばすので、耳元でよく聞こえます」

何のことかよくわからなかった。床を見ると、黒いコードが部屋を包むようにはりめぐらされて、薄緑色の養生テープでとめられていた。

サングラスをした三人がOHPをかこみ、メインの人が書き、サブの人が脇で字の訂正をし、メインの人の前に書いたロールを引く人がいる。ひとりが離れたところでサングラスをはずしていた。待機の人だろうか。その人をどこかで見かけたような気がした。幼なじみだと思い出すのに時間はかからなかった。会はそのまま進行していくが、その日が最終日らしく、「参加者からコメントを」となった。

この展開は予想外、慌てて机の資料をまとめ、立ちあがった。

「今、立ちあがった方、お帰りをお急ぎでしたら、一言でいいですから」

司会者がみどりをマイクで制した。そのマイクは二つ、これも養生テープでピッタリ抱き合っている。なんと、トップで指名されてしまった。視線が一斉にみどりに向けられる。

いや、視線だけでなく、それぞれがつけている補聴器、丸い輪、荷馬車の車輪にも凝視されて見動きできない。中にはピンクのヘアークリップのようなリボン型もある。体外装置のディスクであるこれらは、ヘッドピースというらしい。

心を決めて演台に立つ。そこから会場を見まわすと、なぜかずっと前からの知り合いだったような錯覚を覚え、滑らかに言葉がついてでてきて、みどりは自分でも驚いた。

会場を後にしようとすると、幼なじみに似た人が、目元に穏やかな笑みをたたえて近づいてきた。

「島田市からおいでになったのですね」

「はい。あなたも?」

「島田市にも要約筆記サークルがあります。見学だけでもいいので来てください」

彼女は玄関先で会った、ごま塩頭に荷馬車の車輪の老人を手招きした。林さん、原田さんとの出会いだった。

出向いたのが運のつき、人からものを頼まれると断れない性分は、こんなときに災いする。林さんも必死だったようだ。『たんぽぽ』のリーダーだった者が会から身をひき、残された会員は路頭に迷い、近隣の有力サークルに吸収合併されるかどうかの瀬戸際だったと、のちに聞いた。

創作を書くための材料になるだろうと、浜辺での水遊びのつもりで『たんぽぽ』に入ったのに、いつの間にか、はるか沖合で岸辺をながめて戻ろうともがいているみどりだった。自分自身でも気づいていないうちに流され、それに気づいた今は、もう取りかえしのつかないほど遠くまで来ていた。

『身の上に起こるあらゆる事象は、すべて己を向上させるために起こる』

檀家の寺の門前に書かれたことのはが、みどりの揺れる心をわずかに鎮めてくれている。

林さんがさし棒を持ち、おもむろに立ちあがり、略語表に向かう。

「話す速さは、書く速さの五倍のスピードです。速記とは違い、普通の文字で通訳するため、内容のすべてを文字にすることはむずかしいです。なので『要約』して書くので『要約筆記』となります。これをご覧ください、略語表です。㋵は要約筆記、㊇は人工内耳、㋭は補聴器といった略語が並んでいます。全国標準や地域独自のものもあります」

ボロボロの布の略語表は、原田さんの奥さんのお手製とか。最新式のものを購入したらと言いつづけているのだが、林さんが首を縦にふらない。

「これから筆談をしていただきます。筆談は文字による会話で、難聴者、健聴者ともに通用します。筆談は本人同士のものなんですね。紙とペンによる筆談だけでなく手話、ジェスチャーなど、コミュニケーションにはさまざまな方法があります。書くのも紙だけでなく、地面、掌、背中に指で書くこともありますね。短くまとめるのがだいじです。お口はチャックで、楽しく文字で会話してください。お手本のデモを先ほど講師をしてくださった香川さんと、『人工内耳の会』副会長がします」

筆談タイムの担当はみどりだ。座学ばかりでは不足だと、いわばリクリエーションをかねている。

香川さんたちが、サングラスをかけてＯＨＰの前に座る。

「テーマは何でもいいです。今日は『服の日』だそうですよ。ではお二人さん、お願いします」

《今着ているワイン色のスーツ、結婚前に母からプレゼントされたものなの》

と、香川さん。

《へえっ、若いころと体形がかわらないんだ。いいなぁ》

菩薩《ぼさつ》さまのようなふっくら顔で、「むかし乙女、いま太め」のテレビのコマーシャルとおんなじとぼやいている副会長がペンを滑らす。彼女も人工内耳である。二人とも豊かな髪で装着は隠れている。

《三十年前のデザインと思えないでしょ》

《思えない。おもえない。色もすてきだし。すごく似合っている》

香川さんたちの字やイラストがシートの上で楽しそうに踊り、それがスクリーンにつぎつぎに映しだされる。

肩肘がはっていたような会場が、協会きっての美女とほまれ高いふたりの登場でほんわかと和やかな空間にかわっていくのを、みどりは肌で感じとった。また、二人ともサングラスが絶妙にきまっているのである。

「はい、そこまで。お二人さん、ありがとうございました。どうですか、皆さん、わかりましたか？　紙を配りますのでお隣同士で会話してください。カラーペンも用意しましたからカラフルにどうぞ。お口はチャックです。あなた方はいま、耳が聞こえにくい、聞こえない障がい者です」

しばらくはペンを走らせる音だけが流れるが、どこからか声がする。注意しようとまわっていると、福祉課長と小谷さんが配ったA３用紙では足りないほど字を埋めている。

《こうして課長と筆談することないから、とっても新鮮》と小谷さん。

《講座が盛りあがってよかったね。雨で心配したが、さすが民生委員さんたちだね》

委託事業なのにおいしいとこだけ市がとって、大変なことは『たんぽぽ』に押しつけてさ、まだ終わってませんよっ、と内心思ったが、

「課長さんと小谷さん、とてもよいコンビで盛りあがってますよ。皆さんもがんばって」

と、みどりは声をはりあげた。

「なになに、『奥さんに協力的で愛妻家ですね』対するこちらは、『いや恐妻家ですよ』と書かれていますよ」

林さんの声が後ろからして、もしやと嫌な予感がしてふりむくと、林さんは良一の机の前に立っている。今は隣町のサークル会員だが、二年ほど前までは『たんぽぽ』の会員だった筆記者が、スクリーンにこれまた大きく《恐妻家》と書いた。笑いを含んだざわめきが、波紋のように漂う。腕時計を見ると、概に予定時間をかなり過ぎている。

みどりは、咳《せき》ばらいをした。

「なになに、『担当する難聴者が多いから、この筆談が役立つね』、対してこちらは、『そうですねぇ、このようなコミュニケーションがあるんですね。参加して正解』と、ありがとうございます。地域で実践してくださることを願います。お時間になりましたので筆談タイムは、これで終了させていただきます」

質問コーナーになった。

返答にこまるような問いが出ませんようにと、みどりはスカートの上から赤いパンティのご利益《りやく》をこう。林さんの身震いも、かすかに伝わる。『たんぽぽ』ごときが生意気にも、このような講座をすることじたいがあやうく心配でならない。間違った返答をすると大ごとだよ、そんな声が耳もとで反響する。

「耳マークについて聞きたいが、認知症介護者にはプレートが無料配布されています。耳マークは？」

「全国組織である難聴協会のシンボルマークでして、有料となります。このマークは一枚、百五十円です」

みどりの口は滑らかに動いた。さらに質問は続く。

「人工内耳についてくわしく知りたい。はずすと聞こえないのだろうか？」

さっと会場内を見まわし香川さんに焦点をあて、スクリーンに書かれた文字を確認し、戻した視線をさりげなく彼女に流す。

「この件については講師の香川さんに答えていただきます」

みどりがうながす前に、彼女は腰を浮かせていた。

「はい、はずせば全く聞こえません。重い難聴でして、九十デシベル以上が人工内耳の対象なのです。人工内耳を付けてからは、静かな部屋でなら会話できるようになりました」

田村さんが「よろしいですか」と質問者に問うと、彼は曖昧《あいまい》にうなずいた。また別の人から質問が出た。

「要約筆記の守秘義務についてお聞きしたい。紙やシートの処分はどうしているのか」

林さんが立ち上がる気配がし、そちらに話をふろうと思ったが、みどりの口が勝手に動いた。

「主催者側が処分します。言葉と同じで、その場で消えるものですから」

「個人対個人の場合はどうなりますか？」

質問した隣の人が声をあげた。

「地域により処分方法が違います。東京や大阪は個人に渡した後、その者が破棄します。名古屋は筆記者がもちかえり破棄するとのこと、依頼した個人には渡してくれません。静岡県は名古屋方式です。全国統一が望ましく、いずれは統一されると思います。難聴者の立場というか、個人的には、東京、大阪方式がよいと思っています。私の勉強不足もあり、この程度のお答えしかできません」

渡せ、わたせないと難聴者と筆記者が小競《こぜ》り合いをしたこともあるという。まだ歴史の浅い要約筆記には、さまざまな軋轢《あつれき》があったことだろうし、それは、各地で今もあるだろう。奥歯に物が挟まったようなもの言いしかできない自分に腹が立つ。

みどりがはじめて要約筆記を利用したとき、両耳の補聴器で聞きとれていると思っていたが、ノートテイク用紙と自分のメモを見比べて愕然とした。重要なことがらをかなり聞き落としていたのだ。

香川さんの不安げな眼差しと、みどりの瞳とが重なった。とっさに良一と目があった。さっきまでの顔つきと違って、険しい表情だ。みどりたちの返答がまとはずれだと、目が告げている。何とかしなければ、せっかくここまで順調だったのだ。いや、これが難聴者の現実と知ってもらう意味もあるかもしれないと、心はざわめく。

会場が揺れた。

「虹だーっ」

と聞こえ、スクリーンを見ると【虹です】と字が踊っている。

窓の向こうにパッチワークのような紅葉の山々が見え、雨上がりの山肌には霧が生き物のようにうごいている。その上に大きな虹の橋がかかっていた。

受講生はほとんど窓辺に寄り、スマホや携帯をかざしていた。

野守の池とその周囲の山々をおおうような、赤、だいだい、黄、緑、青、藍、むらさきの虹が、わずかの間により色が濃くなっていく。普通ならば徐々に色は薄くなり、やがて消えていくのに、その虹は光の強さや角度のせいかもしれないが、より鮮やかなグラデーションを織りなしていく。プロローグ、クライマックス、エピローグのような変化だった。

その虹が池の面《おもて》で踊っていた。

みどりは我にかえり、手をたたく。

「さぁ、講座を再開します。お席へお戻りください」

湿り気をふくんだ秋風が、みどりの頬をやさしく撫でた。

「みごとな虹でしたねぇ。みなさんの地区会の名称も七色ですし……」

「そうだ、そうだな」という声が、どこからともなく発せられた。

「この会館は『虹の郷』だしなぁ」

どすの利いた声こそ変わらないが、プロレスラーが相好をくずして好々爺《こうこうや》になっていた。

「この場の者たちへの、天からと池の精霊たちからのプレゼントではないかと思います。お足元の悪い中、遠くまで来ていただいた感謝の気持ちを虹にたくします。質問に関して難聴のため、また要約筆記も未熟なため、質問が理解できない面がありましたことをお詫びいたします。質問用紙も資料の中にはいっていますので、ご不明なことがありましたらご記入願います。後日、文章にてお返事させてもらいます」

「ブッ、ブッ、ブオーッ」

葉の落ちた枝に音符のように並んでいた雀たちが、SLに驚き、虹に向かって一斉に飛びたった。

参考文献

白木蓮

『日録　20世紀』講談社

『花へんろ』早坂暁　勉誠出版

きくとはす

『ベートーヴェンの耳』江時久　ビジネス社

ことのは　踊れ

『サイボーグとして生きる』

マイケル・コロスト著　椿正晴訳　ソフトバンククリエイティブ

『人生の途中で聴力を失うということ』

キャサリン・ブートン著　ニキリンコ訳　明石書店

ことば・解説

あつらさる	預かる
あわいこ	綿入れねんねこ
あんとう	ありがとう
かにしてくりょうなぁ	許してくださいな
こぐらぼったい	薄暗い
しんめえ	おむつ
だっちょうよ	だってよ
ねぐさる	腐る
ばんげん	晩ごはん
ふんとう	本当
まめったい	元気な・働き者
みるい	未熟・柔らかい・若い

めんすう　女
らっかい　たくさん・多い

あとがき

還暦に「静岡新聞社」で『蓬莱橋』を自費出版してから十年たちました。

思いがけずその年の自費出版大賞を受賞しましたが、選者の「この作者の次作が楽しみ」というコメントは心に響き、二冊目のことは漠然と頭のなかにはありました。

書けない時期が続いたこともあって、それは夢なのだとあきらめてもいました。でも、もう一人の私は「一冊で終わりたくない、せめてもう一冊を古稀までに」と、己を鼓舞してきたことは確かです。書くことがあったから、表現することがあったから、古稀まで命がつないだと思っています。

五つの小説は自身の体験したことのもつ普遍的な意味を掘りさげたり、想像力の翼を広げたりして、それぞれの主人公の目を通して、現実の再構成をしたものです。

昭和十六年、昭和三十四年、平成十一年、平成二十三年、平成二十七年と、年代順にして、静岡県島田市を舞台としたものを選びましたが、この五つの小説にストーリー的なつながりはなく、それぞれに独立した作品なのだけれど、こうして並べてみると、一つの世界のまとまりを感じました。

『白木蓮』は、原題『木の都』だったと思います。製材所が立ち並んでいた「木の都島田」を再現させた物語を、いつかは書きたいとずっと思っていました。

『いぼ取り地蔵』は、前著『蓬莱橋』の前編にあたり、耳が悪くなる前のことを書いたものです。

『金木犀』は大阪文学学校の『樹林』に『きつね』として掲載されたものであり、若い男の視点にはじめて挑戦した作品です。

『きくとはす』は静岡県文学連盟の『文芸静岡』に掲載されたもので、原稿を依頼されたのは東日本大震災の前でした。すでに構想を練っていた作品がありましたが、震災の翌日に台湾に出向いたことで急遽変更しました。日本中が揺れ、すべての日本人の心に何かを植えつけた震災と、ある夫婦の葛藤を絡めてみました。「きく」は「聞く」で仏花でもあり、「はす」も仏様の華、そんな思いがこめられています。

『ことのは　踊れ』は最も新しく、前四作と違って推敲不足のまま収載したものです。小説というものは、何年か、いや何十年も寝かせてから書く方が熟成されてよくなるといいます。しかし、十年後には三冊目どころか、私が生きているという保証はないでしょう。未熟で小説とはいえない作品（他の四作もそうであるが）ですが、文中に出てくる「夢窓国師」を何としてでも登場させたいと思っていました。

静岡県教育委員会の冊子に応募した『母の作文』が、私の出発点でした。作文は「夢窓国師」の言葉を題材として、その後、国師をテーマとしたエッセイコンクールで文学の師と出会い、それが大阪文学学校につながりました。

「人生は出会いではじまる、すべて出会って結ばれる。出会うべき相手はきまっている」との国師の言葉は、人生のみちしるべとなったのです。国師のことを書きたくて、ゆかりの寺院、生地、生母の墓をも訪ねましたが、天皇のご落胤《らくいん》、中国からの留学生とかのいわれのある謎の多い方で、恐れ多くて手も足も出ませんでした。

今こうして拙いながらも二冊目の作品集を出版できることは、国師が導いてくれたと思っています。

一昨年、九十五歳で亡くなった父は、幼い私に本の世界の楽しさを教えてくれました。それがあって今があり、この本を亡き父に捧げたいと思います。『白木蓮』の主人公の静江の兄は、父がモデルです。どうにもならない人生というものはあります。それでも人は生きていかねばなりません。

平成の年号となった平成元年一月八日、私は不惑を迎えて四十歳となりました。記念すべき平成最後の年に古稀《こき》となり、こうして出版できることを幸せに思います。

『白木蓮』の貯水池の「小さな虹」、『ことのは　踊れ』の最終章の「大きな虹」は編集の段階で気づいたもので、意識してこのようになったのではなく、偶然の一致に驚きました。前著『蓬莱橋』のときは『ことのは　踊れ』のテーマでもある「要約筆記」は利用せず、というより知らずに補聴器のみで対応していました。この十年で私の文章力が多少なりとも上達したのなら、「要約筆記」の効能もあるのかもしれません。

手話に比べて知名度が低く、社会になかなか浸透しない現実を、小説という形を通して現場で頑張っている筆記者と、障害に正面から立ち向かい活動し、輝いている難聴者たちに、ささやかな光を当てることが、私の使命と思っていました。

最後になりましたが、大阪文学学校のチューター（講師）の皆様、『土砂降り』、『空とぶ鯨』の同人の皆様、静岡県文学連盟の皆様との「良き出会い」と、あたたかい励ましがあったからこそ、ここまでたどりつけました。ここに感謝の意を表します。

そして、この本を最後まで読んでくださった皆様にも、心からお礼申し上げます。

ありがとうございました。

二〇一九年三月

小澤　房子

著者プロフィール
小澤 房子（おざわ ふさこ）
1949年1月、静岡県生まれ。
静岡県立島田高校卒業。静岡文化服装学院高等科にて洋裁を専攻。
大阪文学学校研究科修了。草月流3級師範、静岡県文学連盟会員。
文芸同人誌『土砂降り』『空とぶ鯨』同人。
2009年3月、『蓬莱橋』にて静岡新聞社第9回静岡県自費出版大賞を受賞。

白木蓮

2019年3月15日　初版第1刷発行

著　者　小澤 房子
発行者　瓜谷 綱延
発行所　株式会社文芸社
〒160-0022　東京都新宿区新宿1－10－1
電話　03-5369-3060（代表）
03-5369-2299（販売）

印刷所　株式会社フクイン

ISBN978-4-286-20251-8　JASRAC 出1814343－801